回復術士的重啟人生
~即死魔法與複製技能的極致回復術~
3

凱亞爾葛
為了捨棄懦弱的自己而進化成新模樣的凱亞爾。以愉悅又幸福的復仇生活為座右銘，活得歡樂自在的優秀青年。本性善良。
芙蕾雅
被改變容貌植入虛假記憶的芙列雅公主，凱亞爾葛的所有物。深愛凱亞爾葛且尊敬著他的隨從。
剎那
淪為奴隸的冰狼族天才。被凱亞爾葛所救成為他的所有物。
夏娃
在第一輪是魔王，第二輪為魔王候補的少女。是遭到現任魔王迫害的黑翼族，為了成為魔王拯救族人而旅行。

鷹眼
吉歐拉爾王國引以為傲的三大英雄之一。具有匹敵【翡翠眼】的魔眼，以及超越人智的弓箭實力，也善於驅使暗器。
布蕾德
【劍】之勇者。秀麗的貴公子……然而實際上是個虐待狂女同性戀。
諾倫公主
戀姊情結的吉歐拉爾王國第二公主。滿腦子想著『看著我吧』，並散播破滅的天才軍略家。

「為為為……為什麼可以毫不猶豫就脫衣服啊？是在男人面前耶！」

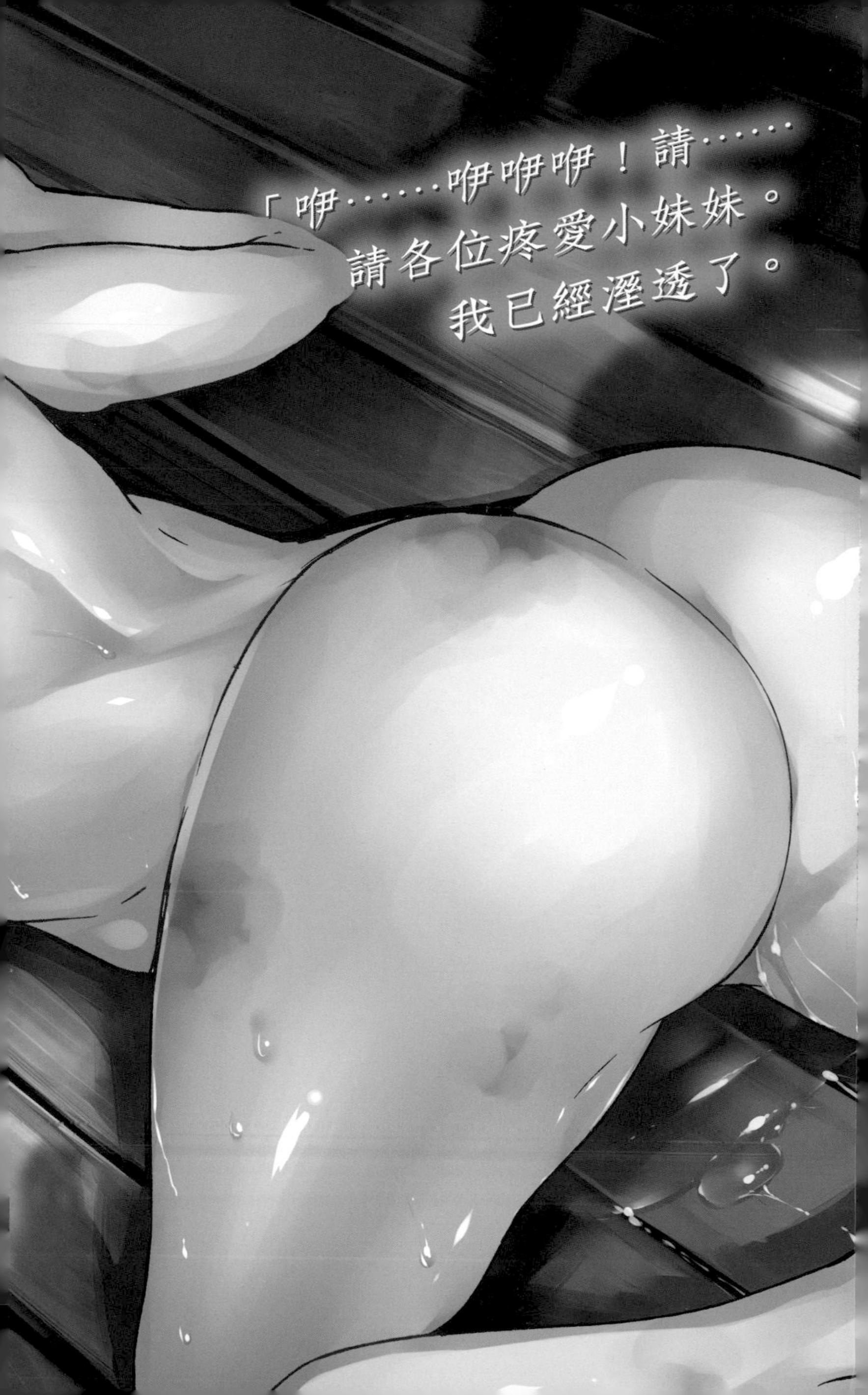
「咿……咿咿咿！請……
請各位疼愛小妹妹。
我已經溼透了。

插進來
會很舒服的！

回復術士的重啟人生

Redo of healer

～即死魔法與複製技能的極致回復術～

3

月夜淚
插畫○しおこんぶ
Author : Tsukiyo Rui
Illustration : Siokonbu

Kadokawa Fantastic Novels

C　O　N　T　E　N　T　S

序章 回復術士想要新玩具

穿越吉歐拉爾王國國境的我們，以人類和魔族共存的布拉尼可為目標繼續踏上旅程。

我們在拉納利塔幹下了許多荒唐事，為了安全起見有必要離開吉歐拉爾王國。

「雨的味道變濃了。凱亞爾葛大人。不趕路的話就糟了了。」

「這樣啊，那得快點找到野營的地點呢。」

在淋雨的狀況下旅行，會毫不留情地奪走體力。

還是不要勉強，趁早搭好帳篷休息吧。

「凱亞爾葛大人，我有一件事想商量。抵達新的城鎮後可以幫我買一把新的法杖嗎？」

「噢，好啊。在布拉尼可應該有賣不錯的法杖。現在的那把壞了嗎？」

「還沒，但我一使出全力似乎就會對法杖造成負擔，儘管還沒損壞但也岌岌可危了。」

「那可不妙。要是芙蕾雅的魔術失去控制，可就不得了了。」

看來用普通的法杖行使【術】之勇者的力量會有問題。

在逃離城裡時，沒有餘裕帶走芙列雅公主專用的法杖，現在的法杖是在鎮上隨手買來的。

如果是差強人意的法杖想必馬上又會壞吧。得設法獲得一把不錯的法杖。就盡可能買下一把優質的，再用我鍊金術士的知識與技能進行改良吧。

要從頭製造一把新的很花時間，然而只是改良的話就不會費太大工夫。

「可以把現在的法杖拿給我看看嗎？我應該至少能應急處理一下。」

「真不愧是凱亞爾葛大人！」

我從芙蕾雅手中接過法杖進行確認。狀態看起來的確很糟糕。用這把法杖施展魔術恐怕會失控。

趕緊簡單地修理一下吧。

因為芙蕾雅提到法杖，讓我想起了一件事。

那就是我也需要武器。想要一把【神裝武具】。

【神裝武具】是唯獨勇者才能運用自如的最強、最頂級的武器。

冠上「神」之名可不是誇大其詞，因為那並非是由人類製作的武器。

就如同全世界只會存在著十名勇者，【神裝武具】在世界上也只存在著十把。

這些武器從太古就被繼承下來，受到妥善的保管。

外觀是寶玉，但當勇者握在手上的瞬間就會締結契約，變化為適合該名勇者使用的形狀。

在第一輪的世界裡，【劍】、【砲】以及【術】等三名勇者被賦予了【神裝武具】，就唯獨我沒有。

不過這並非故意排擠我，只是因為吉歐拉爾王國加上隸屬於其支配下的諸國總共只保有了三件。

鑲有寶石的雙手劍——「神劍拉格納洛克」。

將魔力化成子彈射出的白銀大砲——「神砲塔斯拉姆」。

用世界樹製成的神杖——「神杖瓦納爾甘德」。

每樣都是非常強力的武器。如果我將【神裝武具】的寶玉拿在手上，不曉得會變成什麼樣的武器？

「芙蕾雅、剎那，妳們認為我適合哪種武器？」

我若無其事地詢問她們倆。

畢竟實在是想不到自己究竟適合什麼樣的武器，所以想聽聽看身邊的人的意見。

「剎那認為凱亞爾葛大人適合劍。」

「是啊，而且不是那種重型大劍，以重視鋒利度、便於與敵人周旋的單刃劍比較適合。」

真是無趣的回答。

因為我【模仿(Heal)】了【劍聖】的技能，目前以劍作為主要武器戰鬥，所以她們對我持劍的印象比較深刻。

然而，那終究是借來的技術。和我的本質相去甚遠。

一般來說，回復術士應該要使用法杖。

雖說不拿法杖也能使用魔術，但這種情況下施展的魔術難以匯聚魔力，術式也容易扭曲。

結果會導致展開速度、魔術精度以及魔力效率下滑。

「謝謝。很值得參考。」

總之先道謝吧。

對於可以【模仿】（Heal）他人的技能，就連本職的【恢復】（Heal）也超乎規格的我來說，事到如今扮演稱職的回復術士也毫無意義。

正因如此，才讓我更想要【神裝武具】。

【神裝武具】在與使用者締結契約時，會變化型態成為最適合使用者的武器。我想看看最適合自己的武器為何。

絞盡腦汁後，要獲得【神裝武具】只有兩個方法。

第一個方法，就是潛入吉歐拉爾王國，奪走保管在寶物庫的寶玉。我知道吉歐拉爾王國收藏著一顆【神裝武具】的寶玉。

那顆寶玉尚未和芙列雅公主締結契約，處於空白狀態。只要得到手就能訂下契約。

然後第二個辦法，就是從其他勇者手上奪過來。

這種狀況下，必須殺了持有者才行。

只要持有者還活在人世，【神裝武具】就不會變回寶玉。

雖然不確定【砲】之勇者目前是否持有【神裝武具】，但【劍】之勇者肯定已經擁有。

如果復仇的機會來臨，就迅速殺了她奪過來吧。

希望在這次的世界裡，那個臭女同性戀也不配當個人。畢竟我的原則是只要在這次的世界是無害的，就不會找對方復仇。

就算在以前的世界再怎麼人渣，但要是殺害無辜的人，到時我也會淪為他們的同類。

……反正我壓根兒不認為那幫人渣在第二輪的世界會突然變成正派人士。想必復仇的機會總有一天會到來。

「凱亞爾葛大人，你露出了在想什麼壞事的表情。」

「不是壞事。是很美好的事。」

這個復仇有了新的樂趣。【劍】之勇者或許是個不錯的傢伙。不只給我復仇的機會，甚至還願意提供最棒的武器給我。

在布拉尼可收集完有關魔王的情報後，就去追查【劍】之勇者的下落吧。

想必那個臭女同性戀正打扮成自己厭惡的男人模樣，在某處獵豔吧。

◇

當我們在森林的一處寬敞空間設置完帳篷後，幾乎在同一時間開始下起雨來。

「剎那，真了不起。多虧有妳告訴我們才能趕上。」

「嗯。冰狼族的感覺很敏銳。這點小事根本輕而易舉。」

剎那得意地用鼻子哼了一聲。

我見狀後撫摸她的頭，她便開心地瞇起了眼睛。

「不過話又說回來，這場雨勢真驚人呢。這樣一來就沒辦法離開帳篷了。」

「是啊，不能用火這點也很克難。」

雖說要野營，但我還是會努力讓大夥能吃到美味的食物，只是也不能在帳篷內生火。

我咬下烤得乾硬的麵包和肉乾。

「芙蕾雅，給我水。」

「好的，請用。」

芙蕾雅用水魔術製出水後倒入水壺，並將其倒進杯子後遞給了我。

多虧有能夠使用全屬性魔術的芙蕾雅陪伴，旅行起來格外舒適。

隨時能準備乾淨的水，要生火也很方便。

「凱亞爾葛大人，有件事讓剎那很在意。吉歐拉爾王國應該是面向魔族領域最南邊的國家。可是為什麼吉歐拉爾王國的南方還會有其他國家的城鎮呢？」

剎那的疑問理所當然。

「其實呢，布拉尼可是很久以前就被捨棄的城鎮。」

「被捨棄？」

「以前南部也並非由吉歐拉爾王國統治。那一帶有許多小國，也有許多亞人的村落。然而魔族發動了聯合攻擊，人類也因此設下了防衛線。那就是吉歐拉爾王國國境的前身。」

「這表示他們打從一開始就不打算守護防衛線外的城鎮？」

「是啊。不過，也因為設置了防衛線才擊退了魔族的侵略。在那之後盤踞的國家，都被崛起的吉歐拉爾王國用硬實力全部吸收，所有南部都成了吉歐拉爾王國的領土。不過，直到最近才發現國境另一側的布拉尼可平安無事，而且人類還與魔族和平共存。」

多虧如此，儘管南部地區所有國家都被吉歐拉爾王國吸收，唯有布拉尼可還在布蘭塔帝國的支配下。

在知道布拉尼可平安無事後，吉歐拉爾王國也不好對這個城鎮出手。

「稍微，有點複雜。」

「也正因如此才有趣喔。包含我在內的人都對魔族過於一無所知。只要去一趟魔族與人類和平共存的布拉尼可，應該就能知曉各種內情。」

其中我最想知道的，就是魔王究竟是如何被遴選出來。

想要和在第一輪的世界讓我一見鍾情的魔王……那位銀色秀髮的墮天使重逢也是我的目標。我想要順便追查她的下落。儘管希望渺茫，但也沒有比那裡更適當的場所了。

「有點讓人期待。而且，聽說魔族領域會出現許多強力的魔物。打倒許多魔物提升等級。剎那會變得更強。為了能和凱亞爾葛大人並肩前行。」

剎那緊緊握拳。

我對她這種積極的態度頗有好感。

「當然，我也是那麼打算的喔！為了凱亞爾葛大人的正義之旅，我們必須加油才行呢！」

芙蕾雅看起來似乎也幹勁十足。

「我很仰賴妳們倆。雖然魔族領域充滿危險，但能一鼓作氣變強。」

就如剎那所說，魔物的數量和強度都與國境內的魔物大相逕庭。

最重要的是種類繁多。

對於能透過【淨化】將魔物吃下肚，藉此提高天賦值的我們而言，能遭遇到種類五花八門的魔物是非常大的優勢。

就盡情打倒魔物提升等級，盡情吃下肚讓自己變強吧。

話雖如此，外頭還下著雨。明天再開始狩獵魔物吧。

「凱亞爾葛大人，這場雨讓我們不能移動。所以……來疼愛剎那。」

剎那嬌羞地依偎了過來。

「啊！剎那，偷跑太狡猾了。我也想要。」

芙蕾雅也握住了我的手。

「真拿妳們沒辦法。今天就來疼愛妳們一整天吧。」

她們是我可愛的寵物。

盡情疼愛她們吧。

第一話 回復術士抵達布拉尼可

到了早上，我從帳篷離開時，天氣已經放晴。

太好了。畢竟實在是不想連今天也窩在帳篷裡虛度光陰。

我已經做好心理準備，最糟的狀況得在雨中旅行，看來應該能在今天內抵達布拉尼可。

「凱亞爾葛大人，早安。」

只穿著內衣褲的剎那從帳篷走了出來。

是剛睡醒的緣故嗎？白色狼耳輕輕地貼在頭上，實在惹人憐愛。

「早安，剎那。今天天氣不錯。」

「嗯。今天不會下雨。會一直都是大太陽。」

剎那抽動鼻子嗅著如此斷言。這真是好消息。

「那麼，今天早上的訓練結束後，就去獵幾隻魔物，淋個浴後就前往布拉尼可吧。我想把這一帶的魔物都狩獵過一遍。」

吃下【淨化】過後的魔物肉雖然能提昇天賦值，但僅限初次吃下的魔物。

既然要以最強為目標，那就連一種都不能浪費。

真想用芙蕾雅的探索魔術搜尋這附近一帶，將所有種類獵過一遍。

「明白了……可是，在那之前還有早上的侍奉。凱亞爾葛大人，昨天明明做了那麼多卻還很有精神。」

「的確是這樣。把芙蕾雅吵醒也怪可憐的，就在外頭做吧。妳把手靠在那棵樹上。」

「在明亮的外面做會很害羞。」

儘管面紅耳赤，剎那還是點頭將手靠在樹上，挺起屁股朝向我這邊。

雖然嘴上說害羞，但在外頭做剎那反而會更興奮。現在也搖著她那可愛柔軟的狼尾巴。

「嘴上說害羞，但剎那的身體倒是很誠實啊。我就疼愛到妳連嘴巴也能說出真心話吧。」

當我在剎那耳邊如此低喃後，她的狼耳使勁地豎了起來，尾巴的擺動也變得更加劇烈。

真是好懂的傢伙。好啦，今天也來解放剎那的等級上限吧。

我把手伸往剎那的內褲，發現她的內褲早已濕成一片。手指放進去後，不僅濕潤還變得非常火燙。

這樣應該不需要前戲了。

我掏出自己的那話兒。已腫脹到甚至會覺得疼痛。都是因為看見剎那這放蕩的模樣。

抓住剎那纖細的小蠻腰後，我一口氣挺進腰部。

「嗯！嗯嗯……凱亞爾葛大人，怎麼突然……」

「剎那比較喜歡這樣吧？」

當我在她的耳邊低喃後，剎那的蜜壺內側就開始蠢動，打算要榨乾我。我開始前後擺動腰部。

剎那的喘息聲變得更為劇烈。

從後面侵犯像這樣挺起屁股的女人，可以滿足男人的征服欲。

於是我自然地加大動作，開始粗魯起來。

這宛如是任憑蠻力擺布的野獸間的性交。

「呀！凱亞爾葛大人，已經，不行了，腳……使不上力。」

剎那淚眼汪汪，央求我緩慢地抽插。

她的腳開始脫力，眼看整個人就要倒下去了。

我抱起她那瘦小的身軀，維持插入的體位並轉向我這。

由於剎那將嘴唇往我這貼過來，我就直接伸入舌頭蹂躪她。這段期間當然也沒停下腰部的動作。

我把剎那的背往樹上壓，用盡渾身力量使出最後一頂。

「啊！嗯嗯嗯嗯嗯！」

剎那迎接高潮了，蜜壺激情地扭動，我也達到高潮。往最深處吐出精液。

當我拔出那話兒後，傾瀉而出的精液滿溢了出來。

我緩緩地將剎那放下地面。

剎那用恍惚的表情望著我。

「凱亞爾葛大人的……太浪費了。給剎那吧。」

話語剛落，剎那就開始含起我的那裡開始清掃。

由於這模樣太過煽情，讓我再次勃起。

「都怪妳，害得我又勃起了啊。」

當我說完這句話後，剎那的嘴巴動作變得更劇烈。

看樣子，她似乎要直接幫我處理出來。

真是努力。但只是這樣還不夠。我宛如在對待射精用道具一樣，粗魯又激烈地前後擺動，插入她喉嚨的最深處。

剎那的嘴巴相當舒服。

這樣應該很難受，然而剎那的雙腿間卻滲出愛液，開心地搖著尾巴。因為剎那被這樣對待反而會感到興奮。

我在剎那的口中再度噴發精液。剎那抖動舌頭，連最後一滴也舔乾飲盡。

把所有精液都吞下肚後，意猶未盡地又舔了那話兒一段時間，剎那總算鬆開嘴巴。

「凱亞爾葛大人，今天早上的侍奉也非常舒服。」

「我也很舒服喔。明天也拜託妳了。」

「嗯。剎那會加油。」

這女孩真的是個奉獻自己的良好所有物（玩具）啊。

◇

結束早晨的侍奉之後，我一邊做早餐一邊眺望剎那教導芙蕾雅防身術。

除了侍奉我以外，剎那每天早上還有教導芙蕾雅防身術這項日課要做。

由於昨天的晚餐實在乏味，早餐我打算做一份美味的佳餚。

不過話又說回來，剎那很擅長教人。

剎那是努力的狂人。不僅具有天生的戰鬥直覺，還有毫無懈怠的修煉作為根基。

她正仔細地引導芙蕾雅成長。

「剎那，妳有點……太嚴格了。不行！我已經……到極限了。」

「並沒有。考慮到芙蕾雅的體力，這種程度可以辦得到。只是芙蕾雅太沒毅力了。剎那要矯正妳的心。」

「怎麼這樣，我會死掉啦。」

芙蕾雅開始哭訴。

現在正好在進行劍術方面的修行。

剎那從剛才開始就用木刀砍向芙蕾雅。

「別閉上眼睛。妳閉一次，就延長一次。」

「咿～～～」

據剎那所說，這是開始鍛鍊基礎的前一個步驟。

這個特訓好像是為了要讓身體記住死亡的恐懼。

朝要害施放貫注了殺氣的一擊，並在千鈞一髮之際停手。

在一次呼吸內，連續不斷地擊出會致人於死地的一擊。

一旦達到剎那這種高手水準，儘管是點到為止，被攻擊的對象也會有種死到臨頭的感覺。

實際上，芙蕾雅也被嚇到牙齒直打哆嗦。然而只要感受到死亡近在咫尺的恐怖，就算再怎麼不情願也會把剎那的美麗劍路烙印在腦海裡，持續看到最後的瞬間，藉此習得身為劍士的基本條件。

確實是非常有效率的特訓。

然後……

「好痛咿～～」

芙蕾雅發出慘叫。

並非只有點到為止，剎那的攻擊偶爾也會擊中。

然而那並非是剎那沒能及時收手的緣故。

她偶爾不會放出足以致死的一擊，而是控制力道，調節為現在的芙蕾雅也能擋下的一擊，故意不點到為止。

這樣一來，芙蕾雅就會對所有攻擊保持緊張感，同時又必須留神防禦。

這不斷消耗著她的精神力和體力。

持續了十五分鐘左右，剎那停下了動作。

「這樣一來，視覺的訓練就結束了。稍微休息一會兒後，要練習姿勢。做完後就要慢跑。芙蕾雅最欠缺的就是體力和毅力。」

芙蕾雅全身虛脫地跪倒在地，淚眼汪汪地望向我。

「請你救救我，凱亞爾葛大人，這根本不是訓練只是霸凌嘛。我會被殺的。」

儘管在身為芙列雅公主的時期曾受過一定程度的戰鬥訓練，但畢竟魔術才是她的拿手絕活，想必沒體驗過如此正式的鍛鍊吧。我知道很辛苦，但這種訓練是必要的。

「不，剎那說得沒錯，她有好好考慮芙蕾雅的體力，在妳能辦到的範圍加以訓練。芙蕾雅，在戰場上最先陣亡的是跑不動的傢伙。妳現在越是努力，就越能提高生存機率。況且沒有教師像剎那如此優秀。雖然很辛苦，但我還是希望妳努力下去。」

「嗚嗚嗚，可以的話希望她能再溫柔一點。」

「不然讓我和剎那交換也行。不過，我應該會比剎那還要嚴格。畢竟不徹底地嚴格訓練一番就不會進步。我沒辦法像剎那那樣可以明確地看出妳的極限。所以只能更加嚴格訓練妳。」

芙蕾雅露出彷彿面臨世界末日的表情。

沒辦法，不能光給鞭子，也給些糖果吧。

「只要芙蕾雅能努力到讓剎那承認妳是一流的，我就送一個會讓妳大吃一驚的獎勵，妳再稍微努力試試吧。」

聽到我這番話，芙蕾雅的表情頓時豁然開朗。

「好狡猾。剎那明明也很努力。」

相反的，剎那則是板起了臉表示不滿。

這也無可厚非。因為剎那也是費盡苦心，努力教導芙蕾雅防身術，讓她培養出體力以及毅力。

「當然，假如芙蕾雅能獨當一面了，到時我也會給剎那獎勵。」

「太好了！剎那會徹底鍛鍊芙蕾雅。」

剎那微微握拳。

她開心就再好不過了。

「剎那，我們兩個一起加油吧。」

「嗯。目標是三個月。」

「……這樣會不會太久了？可以的話希望能縮小為一週左右……」

「一週就讓芙蕾雅獨當一面？如果打算實現這個目標。那就有必要比現在進行嚴格一千倍的特訓。訓練一百次大約會死九十九次。如果這樣也沒關係的話就試試。可以嗎？」

剎那不帶感情地如此說道。莫名地有說服力。

原本剎那為了要讓芙蕾雅能合理地成長而煞費苦心。既然她說需要三個月，那應該就真的需要花上這麼長的時間。

「三個月就好了。我絕對要用三個月就畢業給妳看！」

無論如何，芙蕾雅能燃起幹勁是件好事。

在那之後她們倆也繼續訓練。等練完後就準備溫暖的料理作為早餐招待她們吧。

◇

剎那在森林中狂奔。

明明剛才為止都還和芙蕾雅一起慢跑，體力似乎還綽有餘裕。絲毫沒喘過一口大氣。

正當我注意到她大跳至高空時，她便在大樹上的枝幹著地，再從該處跳躍，做出不斷在枝幹間翻來跳去的立體高速移動。

儘管迅速的動作和全身的彈性都很令人嘆為觀止，但最為卓越的是她的平衡感。

接著，是一個格外有力的跳躍。她讓瘦小的身軀在空中翻轉。高度十分驚人。出色的月面宙返。她以這股勢頭朝著地面以頭部往下衝。手上纏繞著冰爪。

筆直地伸直手臂急速下降。

那身影美到讓人出神。

「咕嘎？」

剎那的目標，是身上有著花紋的熊類魔物，牠在察覺聲音後開始搖頭晃腦查看。然而牠根本無法注意到在自己正上方的剎那。

油脂熊。

這種魔物具有厚重脂肪形成的鎧甲，再加上沾滿油脂，能滑開攻擊的堅硬毛皮所構成的雙重防禦。

即使是一流的劍士也無法砍傷牠。

然而……

「喝！」

剎那以驚人的氣勢刺出冰爪。

從正上方往正下方筆直進行突刺，堪稱是最難以化消的一擊，朝向脂肪與毛皮最為薄弱的頭蓋骨擊出。

冰爪深深地刺了進去。

剎那讓手與冰爪分離，用前翻受身削減著地的衝擊力，之後也毫不大意地盯著對手。

「凱亞爾葛大人，成功了。」

剎那朝向我這邊比出了勝利手勢。

頭蓋骨被貫穿的油脂熊應聲倒下。

「幹得漂亮，剎那。」

真是出色的動作。就算是我也無法依樣畫葫蘆。即使技術能模仿，我的體能也沒有具備像剎那那種靈活的彈性以及超人般的平衡感。這種宛如雜耍般的動作只有她才能辦到。

「凱亞爾葛大人，這是適合食材？」

我聽到剎那的疑問後，發動【翡翠眼】。

這是精靈賜予我的，能看穿一切的眼睛。

我凝視油脂熊。

這是適合食材。只要吃下去就能提高物理攻擊的天賦值。

「沒錯。可以麻煩妳幫我把肉切開嗎？」

「明白了。大卸八塊。」

剎那靈巧地凍住了充滿脂肪的毛皮後再敲碎將皮剝開，用冰之刀刃切開脖頸。

然後，毫不留情地踩踏油脂熊的心臟部位。心臟形成泵浦，鮮血以非常驚人的氣勢從切斷的脖頸噴出。這是在放血。

只要在狩獵後迅速放血，就會使肉質變得更加鮮美。

「很期待凱亞爾葛大人的料理。」

「因為鎮上可以買到許多調味料，所以今天的晚餐可以煮得更美味，好好期待吧。」

剎那點了點頭，精確地進行切肉的動作。畢竟她是喜愛吃肉的狼族亞人，正開心地搖著尾巴。

一起坐在馳龍上的芙蕾雅拍了拍我的肩膀。

「凱亞爾葛大人，在距離西邊兩百公尺左右的地方出現了新的魔物。從外型來看應該是野豬類的魔物。」

芙蕾雅用氣若游絲的聲音向我搭話。

經歷了早上的訓練，芙蕾雅早已將體力消耗殆盡。

雖說只要用【恢復】就能立即幫她恢復體力，但讓她習慣耗盡體力的狀態也很重要，因此我決定置之不理。

為此，我只讓她負責用魔術探索獵物，狩獵方面則是交給剎那。

等級提升得越高，剎那就更加綻放出光采。

一般來說，突然提高的體能會讓人難以駕馭。

就算再怎麼能快速地活動身體，無法靈活運用的話終究沒有意義。

那是因為就算體能上升，為了將其運用自如的反射神經、動態視力以及大腦的處理速度卻沒有隨著上升所致。

然而無論提高了多少體能，剎那依然顯得游刃有餘。毫無疑問是個天才。

「我明明在平常的話也可以戰鬥啊。」

芙蕾雅看起來很不甘心。

「稍微恢復一些體力後，芙蕾雅也去戰鬥吧。在極限狀態下的戰鬥也是不錯的經驗。」

「是，我會好好培養體力。」

就這樣，我們繼續狩獵這附近一帶的魔物。

獲得的適合食材共有三種。

馬上就要享用的油脂熊的肉以樹皮直接包裹，剩餘的要燻製。

結束狩獵後，洗了個澡並稍微疼愛了她們一下，便前往布拉尼可。

◇

「總算抵達了。」

「這裡就是布拉尼可嗎？從外面看就是個普通的城鎮呢。」

「嗯。與拉納利塔相比小很多。」

我們在日落前抵達了布拉尼可。

布拉尼可是中等規模的城鎮。

儘管周圍有防壁，但無論高度還是厚度都比拉納利塔遜色不少。

在門前也不用排隊通關，似乎很輕鬆就能進入。

畢竟是魔族領域，在防壁周圍散亂著屍體也很正常……原本已做好這樣的心理準備，但也沒出現這樣的光景。

「那麼我們就進去吧。進入全世界唯一一個人類與魔族和平共存的城鎮，布拉尼可。」

抵達門口後向門衛繳納通行稅，正當我要踏入城鎮時，心臟響起了令人生厭的聲音。

這是持續走過悲慘人生的我得到的能力之一。能以第六感察覺即將發生的危險狀況。

在我有這種感覺時，毫無疑問地會有麻煩事上身。

「凱亞爾葛大人，你在笑。」

剎那納悶地歪頭表示不解。

「沒什麼，什麼事都沒有啦。」

在不久之前，麻煩事對我來說就只是麻煩事。

然而現在的我卻不這麼想。

因為麻煩事，就是我快樂的復仇（遊戲）即將開始的訊號。

第二話 回復術士與魔王相遇

我踏入布拉尼可。城門守衛是人類。

在城鎮上看到魔物的剎那擺出了戰鬥架式，我把手擱到她前面制止她。

「魔物在這個鎮上可以理所當然地在外頭走動。那是由魔族支配的魔物。要是不經考慮就出手可是會引發問題。」

有著凶惡牙齒與岩石肌膚的巨大犬型魔物，在那身後有名長著狗耳朵的魔族。應該是寵物和飼主吧。

「凱亞爾葛大人，如果被襲擊的話……」

「到時就反擊吧。」

「明白了……被對手先發制人感覺有點害怕。」

可以理解剎那的擔憂，但這裡的規則就是如此，這也沒辦法。

雖說這傢伙是魔物，但也是出色的寵物。

是有可能被咬，但不能光憑這樣就由我們主動出手。

我望向芙蕾雅，她正左顧右盼地張望著四周。

「凱亞爾葛大人，真是不可思議的城鎮呢。」

「是啊。正如我們聽說的那樣。」

我們現在正漫步於商店林立的區域，店員們正扯開嗓子招攬著客人。

在這些商店也正常使用金幣和銀幣。看來此處也適用通用貨幣。也就是說，是依照人類的價值觀在管理這個城鎮。

為了調度晚餐的食材以及調查城鎮，我們在商店街物色了一會兒後，發現了一間擺放不錯蔬菜的店家。

「大叔，可以把這個和這個賣我嗎？」

我打算購買在店頭注意到的蔬菜。

只要看蔬菜一眼，就可大致看出該片土地的狀況。

這蔬菜新鮮而且又栽培得相當碩大，也沒什麼被蟲咬過的痕跡。

這種蔬菜並非只是為了提高生產量，而是以能美味享用為目的而努力栽種。

不僅是為了要吃，甚至還有餘裕下工夫令食材變得更為鮮美，代表這裡是個和平又富裕的城鎮。

「沒問題。居然還帶著兩位美人，真令人嫉妒啊。就多送一些吧。這可不是要給小哥，而是要給後面的兩位美人喔。」

「謝謝。她們倆都很會吃，幫了我大忙呢。」

然後從剛才的對話也能注意到一件事。

鎮上的人對亞人並不存在差別待遇。

他不只誇獎芙蕾雅，而是連剎那也一併稱讚。

從這男人的態度來看，這並非客套話而是發自內心。

……令人吃驚的，是這城鎮不僅在魔族領域且接納魔族，同時又和平富裕。甚至還是對亞人沒有任何歧視意識的理想城鎮。

「凱亞爾葛大人，能拿到多送的蔬菜，真是太好了呢。」

「這蔬菜看來很好吃。晚餐真令人期待。」

「幸好妳們倆是美少女。就盡量用在今天的熊鍋裡吧。」

既然有這麼多優質的蔬菜，想必熊鍋的味道也會有突破性的美味。

在那之後，我在商店試著購買了這城鎮特有的調味料。

是將大豆發酵後製作而成的味噌，試過味道之後覺得還挺美味的。

只要把這個溶在高湯裡，應該能做出美味的熊鍋吧。

「！」

我們與一名男性魔族擦身而過。

那是有著牛角與紫色肌膚，高兩公尺左右的人類魔族。旁邊還帶著牛類魔物。

是狂牛族。就算在魔族中也被視為危險分子的種族。

雖然現在他帶著小型魔物，但是在戰場上會操縱超大型的牛類魔物。

不僅能隨心所欲操控用驚人速度與力道突進過來的一大群頑強牛類魔物，他們本身也具有人類無法比擬的堅韌體力與力氣。

再怎麼強固的城牆，在那突擊力之前都無用武之地。能輕鬆撞飛護城騎士、粉碎城牆，為後頭跟上的魔物開出一條血路，可謂荒唐的暴力。

這種理應最受人類忌憚的魔族，居然在人類的店裡心平氣和地購物。

儘管有透過事前知曉的情報得知，但親眼看到果然還是吃了一驚。

把該買的東西買完後，我們前往旅社。

我們在購買蔬菜時店長向我們推薦了這間旅社。令人訝異的是那裡的店長也是魔族。

◇

我們在租借的房間放下行囊，直接閒聊了起來。

「人類和魔族真的在這個鎮上和平共存呢。」

原本懷疑共存只是有名無實，實際上這裡是被魔族所支配著，這樣的懷疑也在一瞬間煙消雲散了。

「對啊，魔族的人不僅稀鬆平常地上街購物，甚至還經營著旅社，真是讓人驚訝。」

「雖然是魔族，但是好人。」

剎那的臉頰鼓了起來。

並不是因為生氣，而是因為她把收到的水果含在嘴裡。

旅社的店長將賣相不好，無法擺在酒館販賣的水果送給剎那當禮物。

「他毫無疑問是個好人。我只是說想借用一下廚房，他就說願意幫忙料理我們帶來的食材。」

服務品質真好。

肉已經【淨化】完畢，再來要怎麼烹調都不成問題。所以與其自己動手不如交給專家來處理會更好。

我們稍微閒聊了一會兒後，就前往在這間旅社裡經營的酒館。

◇

我們抵達酒館，這裡已經有人類與魔族正喝著酒談笑風生。幾乎是座無虛席。

「客人，不好意思。目前已經沒有空桌，請問幾位願意與人併桌嗎？」

店員有些愧疚地如此詢問。

點頭同意後，他就去幫忙確認先來的客人是否也同意。

在六人座的位置已經有兩個人類在喝酒。兩人都是中年男性。從氛圍就可以明白他們是商人。

「這邊請。」

店員為我們帶路。

「不好意思，得跟兩位併桌。」

「沒關係，不用在意啦。這間店的料理好吃又便宜。平常就是這種感覺。能夠薄利多銷也是因為客人很多。只是併桌罷了，我們不會為此發牢騷。」

黃湯下肚的商人看起來心情非常好。

仔細一看，這名商人就是賣給我蔬菜那間店的店長。

「哎呀，尤司拉說得沒錯。跟……跟著小哥的是超正點的美人啊。既然能和美人喝酒，當然樂意之至啦。」

又是這種模式啊？看來美少女在各種意義上都堪稱人生勝利組。

「芙蕾雅，幫他倒酒。」

「是，凱亞爾葛大人……請喝。」

「真是多謝啦。」

我命令芙蕾雅幫他們斟酒。

因為我想要向他們打聽各式各樣的情報。就讓他們喝個痛快吧。

「店員先生，請來五瓶這間店最推薦的酒，其中兩瓶給這兩位。」

「哦，小哥，你要請我們啊？」

「這也是某種緣分。請讓我詢問一些事情。畢竟我才剛來到這座城鎮，對此地幾乎是一無所知。」

我用討人喜愛的臉龐莞爾一笑。

凱亞爾葛這張臉是為了方便收集情報，刻意調整成容易受人喜愛的臉。

「小哥你還真大方啊。感謝感謝，我就不客氣收下了。好，作為這城鎮的前輩，讓我好好地教教你吧。」

我的運氣真好。

有著長年經驗的商人可說是最棒的情報來源。能自然而然地從他們身上獲取情報，實在感激不盡。

「我曾聽說在這個鎮上人類和魔族和平共存，但沒想到甚至會好到像這樣在同一間酒館喝酒。」

「我們當然也不是打從一開始就建立起這樣的關係。十年前，這座城鎮被捨棄了。原本還以為會演變成一場絕望的戰鬥，沒想到領主居然去和魔族交涉。當時還覺得真是誇張呢。」

和平共存是由人類提出的嗎？

那名領主還真是異想天開。

「而魔族也接受了這個提案嗎？」

「是啊，儘管一開始很辛苦，但在交流的過程中了解到那些傢伙也是人類，跟我們一樣是人。既然是人，那就應該能好好相處才對。於是我們就互相幫助，互相禮讓，為了能過著更好的生活而努力。」

這句話是建立在「所謂人類不過是種族之一，與魔族及亞人並沒有區別」的這份價值觀之上。

直到這份價值觀深植人心為止，究竟需要花費多少時間和經驗，我實在無法想像。

「你們被魔族幫助……是嗎？」

「魔族可厲害嘍。交給人類的話需要花費一年時間來開拓，使喚魔物的話一週就能搞定了。魔族的魔術也是五花八門，那些甚至能用在農業、工業以及釀酒上。」

原來如此，人類接收勞動力的提供以及魔術的恩惠啊。

那也可以理解這城鎮為何如此富裕了。

「提供這些資源的魔族有獲得什麼樣的利益嗎？」

「魔族他們沒有文化。像是種植美味蔬菜的方法、飼育家畜的方法、釀酒的方法，還有像是料理啦，叩人心弦的音樂、戲劇以及其他零零總總。魔族提供了勞動力，相對地也變得會開始享受我們人類的文化。」

「真是美妙的關係啊。」

「而且，人類還會提供魔物的飼料呢。」

我不禁眉頭一皺。

魔物喜歡有魔力的生物。因此會襲擊具有魔力的人類或是亞人將其吃下肚。

難道是讓魔物吃這鎮上的人類？他們將一部分人類作為祭品換取自己的安全嗎？

「小哥，你八成會錯意了吧？我們可沒讓他們吃人類。是這個啦。」

他捲起衣服的袖子，在上頭有數個刺傷的傷口。

「在這個城鎮，要用血來支付稅金的一部分。只要每個月一次上繳滿滿一瓶酒瓶的血就可以省下不少稅金。討厭血的傢伙只要正常地上繳稅金就能了事，這不是強制的。人類得到了魔物的勞動力以及魔族的魔術之力。魔族呢，則是獲得了文化以及血作為魔物的飼料。我們相處得很融洽。這是我們得到的最好結果。」

魔力會寄宿在血裡。

按照這個制度就可定期取得充足的血液。是最棒的魔物飼料。

比起直接襲擊人類來得更有效率。

對魔族來說，意思就像是人類幫忙擠牛乳一樣。

布拉尼可也可以視為是為了生產魔物飼料的牧場。

共存共榮，布拉尼可選擇了聰明的做法。

「這話題十分有趣。不過我很在意魔族都沒有動用暴力嗎？因為一直都將彼此視為敵人，我很擔心他們的脾氣是否很暴躁。」

「這個嘛，當然也會有人動粗啦。不過這點人類也是一樣，我們也有壞蛋還有動用暴力的傢伙。包含這點在內跟人沒什麼兩樣。」

商人津津有味地將酒一飲而盡。

我大概掌握狀況了。

我想知道的情報之一，是芙列雅公主的妹妹諾倫公主會以何種藉口來毀滅布拉尼可。

統整剛才所聽到的消息後，對生活在此的人而言這裡確實是個很棒的城鎮，然而從外頭的角度來看，也可視為這裡受到魔族的支配。

實際上，這個城鎮的人們也的確持續不斷地奉獻出鮮血。要作為毀滅這城鎮的藉口，對那個諾倫公主來說已構成十足的理由了。

好啦，我已經明白諾倫公主的意圖了。

……只是就算明白了，我也沒有出手的理由。畢竟諾倫公主目前還未曾加害於我。這樣無法對她復仇。

儘管她與村裡的大夥遭到處刑一事有關的可能性很高，但那還不過是在推論階段。

那譬如說，這名商人被諾倫公主率領的王國軍襲擊慘遭殺害的話如何？

沒辦法。我沒那麼喜歡這傢伙。

就算他在我眼前被殺，也無法點燃我的復仇心吧。

「不好意思，客人。請問還可以再讓一位客人與各位併桌嗎？」

就在我思考著這些事情時，大豆味噌和熊肉的香味撲鼻而來。

看來是店員將熊鍋端了過來。不僅如此，還向我們詢問是否同意併桌。

由於商人二人組點頭同意，我也表示贊同。

於是，店員帶著一名用破破爛爛的長袍包裹著全身的少女過來。

看到她的臉後我驚訝不已。因為她就是我一直在尋找的少女。

沒錯，那張臉毫無疑問是我在第一輪的世界殺害的魔王。儘管比我知道的魔王還年幼，但肯定沒錯。

不過……跟記憶中的銀色秀髮不同，她是一頭黑髮。然後不知是否缺乏營養，臉頰顯得消瘦不少。

雖然她巧妙地隱藏了起來，但體內潛藏了一股不容小覷的魔力……這女孩就算在四年後成為魔王也的確不足為奇。

「請給我用這些錢能賣我的溫熱食物。可以的話希望量能給多一點。」

但是身為如此強大的存在，她的手頭卻稱不上寬裕。

可以看到她口袋中有幾枚銅幣。

店員點了頭後回到了工作崗位。

那點小錢，頂多只能買到加了一點肉屑的麵包粥而已。

「小哥，你知道嗎？所謂的魔族啊，建立了許多城鎮、村莊，甚至還有國家和國王。不過卻有個比任何國王都還要了不起的傢伙喔。據說是叫魔王。無論是什麼魔族還是國王，都得絕對服從魔王。」

「嗯，我知道喔。」

「不知道那是什麼傢伙呢。肯定是渾身肌肉的高大壯漢，恐怕還有好幾根角吧。光是想像我就快閃尿了。」

真是有趣的想像。非常符合魔王的形象。只是和我所知的魔王截然不同。

「不，搞不好是可愛的女孩子喔。」

「感覺小哥你好像有見過魔王啊。詳細說給我聽聽吧。是怎麼樣的可愛女孩呢？」

儘管壓根兒不相信，覺得這是個有意思玩笑的商人還是延續了這個話題。我也不禁稍微惡作劇了一下。

「簡單來說呢，坐在我旁邊的就是魔王。」

我回了一個天大的笑話。

好啦，這位我所知曉的未來魔王會做出什麼樣的反應呢？

第三話 回復術士成為魔王的騎士

魔王在第一輪的世界，和這次的世界之中的模樣有異。

第一輪是有著銀色秀髮的美少女，黑色羽翼的墮天使。

然而，在這次的世界則是長著惡魔長角的壯漢。

我為了要收集在第一輪的世界遇見的魔王的情報，來到了魔族與人類和平共存的城鎮，讓人訝異的是當我在酒館收集情報時，在找的當事人居然自己現身。

搞不好只是相似的別人，這個可能性也並非為零。

畢竟她們之間有許多相異之處。在第一輪的世界中，她的年齡估計在十六歲以上，現在坐在我身旁的少女看起來只有十五歲。銀色秀髮也變成了一頭黑髮。

我正是為了要確認這點，才故意投下一顆震撼彈。

「簡單來說呢，坐在我旁邊的就是魔王。」

好啦，這名少女會做出什麼樣的反應呢？

「喂喂，這樣的女孩怎麼可能會是魔王啊？看起來就連我都贏得了她。」

由於酒意而情緒高漲的商人發出大笑。

沒差，這些人的反應無關緊要。我在意的是這名少女的反應。

「冷不防地就把別人稱為魔王，這位小哥，想必你喝了不少呢。」

少女用長袍把臉深深地遮住，以開朗的聲音如此回答。

這個回答沒什麼語病。

仔細想想，她的語調也和我記憶中的魔王不同。比第一輪的世界顯得更為孩子氣。是在成為魔王後就改變了語氣嗎？

「我沒有喝醉。只是妳和我所知的魔王十分神似。」

「……你有見過魔王嗎？」

「那是很久以前的事了。」

「這樣啊。不過你認錯人了喔。我只是個不起眼的魔族……甚至還會為今天的食物而煩惱。」

少女如此自嘲，此時餐點也送了過來。

和我想像中一樣，是有蔬菜渣和肉乾碎片浮在上頭的粥。

然而她卻吃得津津有味。

這時聽到了「咕～」的一聲肚子的聲音。

是剎那肚子發出的叫聲。想必是因為熱騰騰的熊鍋就在眼前，但我卻遲遲還沒開動，她也只好忍住自己的食欲吧。

「芙蕾雅，剎那，我們也開始吃吧。」

「……嗯。肚子餓了。」

「有這麼香的火鍋在眼前卻無法享受，簡直就是拷問呢。」

剎那別開那羞得紅通通的臉，芙蕾雅則是開始幫忙盛熊鍋。

味道真香。以大豆味噌的高湯熬煮了滿滿的熊肉與青菜。

儘管熊肉看來十分可口，不過吸收了豐沛肉汁和湯汁的蔬菜也令人期待。

「這還真好吃。」

「在目前吃過的食物裡面，這個算非常美味。」

「是啊。明明是這麼樸素的料理，為什麼會這麼美味呢？」

入口的瞬間，厚重的熊肉美味就在嘴裡擴散開來。味噌也確實地引出肉質的鮮美。

細細品味後，能察覺滲透在肉中的鹽巴與香料。這去除了肉的腥味，同時增添肉質柔軟的口感。

湯汁也不單單只是將味噌加在裡面，還加入了數種菇類仔細地熬煮湯汁。

這間酒館的廚師有著不錯的廚藝。

在市場採買的蔬菜既新鮮又美味，和肉交互吃著，真的是感覺無論多少都吃得下。

而且不僅是好吃，我也感覺到魔物因子適應了自己的肉體，進一步了提高物理攻擊的天賦值。我又變得更強了。

只是……

「再怎麼說，量也太多了吧。」

「能吃這麼多食物很令人開心……可是，有點到極限了。」

「要是把這些全部吃完的話肯定會胖呢。」

我拜託廚師烹調時把約有兩公斤的熊肉交給他，但沒想到他居然會把所有的肉都用在這火鍋上。

儘管剎那和芙蕾雅都算比較會吃，但加上蔬菜一個人至少得吃超過一公斤的量。除了熊鍋以外，我們也點了其他許多小菜，麵包和酒也都塞到肚子裡了。靠我們幾個實在沒辦法吃完。

又聽見了肚子的叫聲。

這次不是剎那，而是魔王（暫稱）少女發出的。

少女所點的粥分量太少，所以無法完全填飽肚子吧。

「光靠我們三個大概吃不完。吃剩下又太浪費了，妳能幫忙吃掉嗎？」

「我沒有理由接受你們的施捨。」

「不是施捨。只是難得請人做出來的料理沒吃完就丟掉太可惜了，也算是把妳誤認為魔王的賠罪吧。」

「……既然這樣，那我就不客氣了。」

我對芙蕾雅使了個眼色，她從熊鍋盛了滿滿一大盤的料後遞給魔王（暫稱）。

收下盤子的瞬間，她露出天真無邪的微笑，深紅的眼眸熠熠生輝。

接著以驚人的氣勢狼吞虎嚥了起來。

真是可愛。

她的魔力強到就算我們一起圍攻也可能慘遭全滅，明明是如此危險的魔族，但眼前這副景象卻讓人感覺十分溫馨。

「噗哈！真好吃。謝謝。你真是個好人。為什麼會把我誤認為魔王呢？」

「剛才也說過了。我以前曾經見過魔王。她是有著一頭銀色秀髮的少女，還有著深紅的瞳孔，那對黑色天使的羽翼更是美麗。」

我話語剛落，少女的眼神驟然改變。

「有著銀色秀髮和黑色羽翼的魔王？為什麼會把那個人……而且和我完全不像啊？」

「不是妳啦。只是我所知的魔王剛好是長那個樣子而已。」

少女的眼神甚至映照出敵意。

是因為我看穿她隱藏在長袍下的羽翼而生氣了嗎？

搞不好頭髮也只是染過色，其實應該是銀色的。

「喂喂，小哥。別再說那些莫名其妙的話啦。先不提銀髮，說到深紅的瞳孔和黑色羽翼，那可是黑翼族的特徵啊。」

商人笑著對我們的談話內容插嘴說道。

是我不知道的種族。

「如果是的話會很不妙嗎？」

「還說什麼不妙，那不就是現任魔王下令屠殺的種族嗎？他們一族所有人都被標價懸賞金。而且是不論死活都能拿到。」

原來如此，所以這名少女才會像這樣偽裝自己啊。

甚至讓現任魔王下令要趕盡殺絕，為之忌憚的種族。

這讓我稍微湧起興趣了。

「如果在這個當下出現了黑翼族的話……？」

「那就會上演一場殺戮秀了。畢竟那可是讓人到子孫那代都能吃喝玩樂過日的懸賞金。為了不讓別人先搶走獵物，那在場的所有人就會為了減少競爭對手，在獵物眼前互相殘殺。」

真是駭人聽聞的狀況。

我窺探少女的臉色。

她已面無表情，同時警戒著四周。

「呃，妳叫什麼名字？」

「我沒打算告訴你名字。反正飯已經吃完了，我差不多也該走了……要是不想死就別多管閒事。」

「感謝妳的忠告，但就讓我馬上多管閒事吧。面向窗戶用全力防禦，否則會死喔。」

親切的我給了這名少女中肯的建議。

對我有著全面信任的芙蕾雅與剎那已進入了防禦姿態。

好啦，魔王（暫稱）少女會怎麼做呢？

她望向窗戶一看，瞪大雙眼。

老實是件好事，以她的力量應該是不會死。

魔王（暫稱）少女將手朝向窗戶，全力張開防禦用的魔力結界。

真是驚人。老實說術式本體並不算成熟，但是靠著那誇張的魔力放出量建構了超一流的防禦力。

然後，在下一瞬間馬上發出了巨響。

窗戶被打破，火焰的魔力四處亂竄。

剎那躲在芙蕾雅張開的結界後面，而我則是躲在魔王（暫稱）少女的身後。

雖說我自己也能抵擋，但不想浪費多餘的魔力。

「嘖，都是你的錯。」

魔王（暫稱）少女一邊將魔力灌注在結界中，同時出聲斥責。

襲擊而來的火焰魔術並非一發就結束。第二發及第三發也緊接著攻擊了過來。然而強力的魔力結界依然不為所動。

「不是我的錯。這個火焰魔術混雜著各式各樣的魔力對吧？這是由複數的術者放出的聯合魔術，以及使用了地脈力量的儀式魔術。要構築這樣的陣式至少需要花上一小時。我這句話的意思呢，就是妳會來這間店的事情老早就被襲擊者知道了，他們甚至還有時間悠哉地準備儀式魔術。代表這是有計劃的攻擊。」

真是失禮。

居然說是我害她的身分曝光，要牽拖也該有個限度。恐怕這名少女已經來這間店好一陣子了吧。居然會被摸透行動模式而遭到襲擊，真是漫不經心的傢伙。

「嗚嗚嗚，是有可能啦。」

少女露出了悔恨的表情。

意外地綽有餘裕啊。這個儀式魔術具有就連芙蕾雅都得冒著冷汗拚死防禦的威力，她居然能輕而易舉地擋下，對魔王來說這點程度不算什麼嗎？

儘管少女和我毫髮無傷，但被餘波襲擊的店裡宛如地獄。店員與客人不是被活活燒死就是四處逃竄。

這可是一間好店呢，這些傢伙真過分。

「親切的我再給妳一個建議吧。會採用這麼大費周章的攻擊，大多都是聲東擊西。區區佯攻就使用如此驚人的火力，證明對方相當警戒妳的力量。既然如此，還是別樂觀地認為對手只準備了一招儀式魔術而已。估計是想把妳的注意力先集中在單一方向，再從死角偷襲。而且是使用難以感應，沒有纏繞魔力的手段攻擊。如果是我就會用毒箭。」

少女的臉色第一次焦躁了起來。

稍微有點意外。這次襲擊的對象是相當幹練的老手。我實在不認為無法設想到這點的魔王（暫稱）少女能夠活到現在。

說不定之前有相當能幹的護衛跟在她身邊。

「感謝你的忠告。不過那是白擔心了。因為……」

少女的話還沒說完就遭到中斷。

敵人用十字弓射中了她的大腿。箭上似乎還塗了強力的麻痺毒藥，她中招後當場倒地。

此時火焰的魔力彈也停下了。

使用十字弓的男人就躲藏在店內。我真了不起。事態發展完全在意料之中。

魔王（暫稱）少女狠狠瞪著用十字弓的男子。

那名男子是魔族。而且是狂牛族。眼睛裡閃爍著下流的光芒。

好啦，該怎麼辦呢？

「要不要僱用我？報酬就等妳出人頭地之後再給我就行了。要是不肯僱用我，不是被那傢伙擄走就是被殺，不論結果如何我想都會很有意思喔。」

儘管僱用我事情也會變得有趣，但到時再說。至少能先脫離眼前的困境。

被毒藥麻痺，意識朦朧的少女顫抖著雙唇。

看來她已經發不出聲音了。

不過我知道她說了什麼——「救我」。

很好，這名少女運氣不錯。我是正義的一方。自然會回應柔弱少女的懇求。

「明白了。所以嘍，那邊那個魔族，這名少女由我來保護。既然我已經如此決定，那你就不可能把人帶走。可以麻煩你乖乖滾回去嗎？」

「柔弱的，人類。居然想，反抗我們，愚蠢。」

狂牛族似乎不只一人。光是在店內就有三人。

從外頭施放儀式魔術的那群人也朝著這邊移動。

不過話又說回來，這講話方式聽起來實在太魔族了，不行，我快笑場了。

「有什麼，好奇怪？」

「咳，沒有沒有，沒什麼啦。這是忠告。儘管我是溫厚、紳士，又充滿著正義感的有為青年，然而有一件事我絕對不能原諒。」

沒錯，這可以說是我唯一的缺點。

一旦牽扯到這點，我就會變得特別焦躁，下手不知輕重。

「我不會原諒打算掠奪我的傢伙。你們已經把我中意的店家搞得亂七八糟，光這點就死不足惜。不過慈悲為懷的我對妨礙你們工作這點也感到了一絲罪惡感，就算扯平吧。只是，如果打算奪走我的新玩具（雇主）……就只好殺了你們。」

沒錯，講白一點，這些傢伙必須要為了自己還活在世上這件事感謝我才行。

他們只不過是因為我的寬大心胸，才被允許還在這世上呼吸。

「囉唆，去死。」

狂牛族的男子拔出劍。既然對方打算自殺，那我就成全你吧。

「真是遺憾。」

我使出【模仿】劍聖得來的技能，結合【看破】與【縮地】的複合招式。

配合對手呼吸的節奏，算準呼吸途中注意力分散的那一瞬間，縮短距離接觸對方。

「【改惡(Heal)】。」

用能重整身體的魔術，輕輕地塞住了心臟的出口。

光是這樣就能破壞人體。就算對手是魔族也一樣。

狂牛族的男子全身抽搐後倒下。

剩下的兩名狂牛族開始動搖。與我對峙時，就算只露出一瞬間的破綻也是即死。慎重地屠宰他們吧。

剩下的兩人也和第一個人以相同方式倒了下去。

「芙蕾雅、剎那，要逃嘍。我被剛才倒下的那名少女僱用當護衛。要豁出全力保護她。」

「嗯。明白。不過這次很多狀況都太突然了。」

「剎那，凱亞爾葛大人一定有經過深思熟慮喔！現在就默默地照著他的指示行動吧。」

芙蕾雅和剎那衝了過來。

我把魔王（暫稱）少女扛在肩上。

「哇，別那麼粗魯啦。」

「已經能說話啦？麻痺毒已經退了？」

就我剛才的推斷，那應該是連大象都會動彈不得半個月左右的毒素。她的身體還真有趣。

「雖然還沒辦法走動，但還可以稍微說點話。我問你，為什麼要救我？」

我不可能說出真話。

得隨便搪塞過去才行。

「只是順其自然。」

不只是魔王（暫稱）少女，連芙蕾雅和剎那的視線也刺得我好痛。

雖說隨便想了個藉口，但看來是太過隨便了。

「開玩笑的啦。其實我有重要的事要談，待會兒再慢慢聊吧。」

不能隨便亂說話。畢竟我甚至還不曉得這名少女的真實身分。

所以要先爭取時間。

「比起那個，讓我幫妳治療吧。我是回復術士（治癒師）。這點毒素輕易就能淨化。」

「嗯。拜託你了。」

獲得許可的我對她使用【恢復】。

也順便讀取她的記憶吧。

「原來如此，是這麼一回事啊。」

這樣啊，這女孩果然是第一輪世界的魔王。

看來事情變得有趣了。果然還是有只能從魔族的角度看清的真相啊。

我無法收起臉上的笑意。

總之就先撤退到安全的地方，接著再來思考今後的計畫吧。

第四話 回復術士把未來的魔王玩弄於股掌之間

肩上感受著一股溫暖的重量。

我扛著一名少女，和剎那及芙蕾雅一路狂奔。

她在第一輪的世界中是曾以魔王身分和我敵對的少女。

然而卻不知為何，她在這個鎮上用長袍隱藏自己的外貌，甚至還窮到會煩惱今日的伙食。

正當我試探其中有何實情時，我們遭受魔族襲擊，現在正在逃亡。

敵人混在人群之中追了過來。

「你打算逃到哪裡？」

「我聽說貧民區位在東方。那種地方好歹會有一兩間廢棄房子吧。」

我如此回答扛在肩上的那名少女提出的問題。

儘管我也考慮過要離開城鎮，但帳篷和寢具等全都放在旅社。

沒有攜帶裝備就在夜晚的山區度過一晚，對我和剎那來說算不了什麼，但對新手來說就太吃力了。

「凱亞爾葛大人，敵人還在追著我們。」

剎那抽動了鼻子，同時發出了警告。

雖然收拾了店裡的那群敵人，但沒能把成群結隊施放魔術的那群人一起解決。

由於剎那記住了對方的味道，無須回頭就能確認追兵的存在。

「芙蕾雅，交給妳應付了。」

「請等一下喔。我跟剎那確認好對象後再鎖定他們。」

鎖定指的是確認剎那記住味道的魔族，和以【熱源探查】捕捉到的魔族是否吻合。

有人追著我們這點應該不會有錯，但也有可能把無關的人牽扯進來。這種事違反了我的原則，所以得仔細分辨清楚。

剎那確認了芙蕾雅指著的魔族後點了點頭。

再來，就只需要遵循【熱源探查】的感覺放出魔術而已。

一旦被【熱源探查】捕捉，就會轉化為數值直接將位置資訊反饋進芙蕾雅的腦海裡，無論是藏身在障礙物後面或是使用再多假動作也無處可逃。

「凱亞爾葛大人，可以殺了他們嗎？」

「交給妳了，可別把其他人牽扯進來。」

「明白了。那麼……」

我們拐過一個彎，芙蕾雅確認這條路上沒有其他行人之後，稍微跑了一段距離便停下了腳步。

過了一會兒，追趕我們的三名魔族彎進了這條路。

「【冰槍風彈】。」

芙蕾雅製作出冰之槍，並藉由壓縮後的空氣擊出。

是風屬性和冰屬性的複合魔術。

她以【熱源探查】獲得的數據推定未來座標進行連射。

冰槍宛如雨勢傾注而下，捕捉到了設法迴避的敵人，貫穿打算擋下這招的敵人。

儘管追趕我們的魔族也是老手，但在【術】之勇者強力的複合魔術下也是不堪一擊。

「要在引發騷動前離開這裡。」

「是。」

「嗯。」

兩人點頭後，我們朝向貧民區奔跑而去。

◇

在貧民區有許多廢屋。

拜此所賜，這裡很適合用來藏身。

我們選了一間沒人住在裡面的建築物，進入屋內後設下了簡單的結界。

裡面散亂著灰塵和垃圾，但只要打掃一下就能住。

「剎那、芙蕾雅，麻煩妳們打掃了。我和新的雇主有話要說。」

「明白了。為了能在這睡個好覺，我們會努力打掃！」

「……不要做多餘的事增加剎那的工作。妳只要遵照剎那的吩咐去做就好。」

芙蕾雅原本是公主，所以對所有家務事都非常不擅長。

儘管她聰明又很會學東西，但做起第一次接觸的事物基本上都會引發悽慘的後果。

剎那就是預測到了這點才特別叮嚀她。

「抱歉啦。我把事情談完就會去幫忙了。那麼，讓我聽聽妳怎麼說吧。」

我卸下肩上的行李。

因為一直扛著她害得我肩膀莫名僵硬。

是說就算不問她詳情，我也已經在【恢復】時獲取她的記憶掌握狀況。

除了記憶以外，就連技能也趁機一併取得了。

儘管魔物的技能無法【模仿】，但魔族就可以嗎？由於這是我初次體驗，稍微嚇了一跳。

「你究竟有什麼目的？」

魔王（暫定）少女用充滿警戒心的眼神看著我。

不可能會有人類只是因為好心就從強大的魔族手中保護自己。

她會懷疑也是理所當然。

不如說，如果她是在此刻毫無戒心地感謝我們的笨蛋，我肯定會棄她不顧。

「我曾經見過有著黑色羽翼、銀色秀髮以及深紅眼瞳的魔王。我無論如何都想再見到她。想要再見她一面和她說話。」

「那不是開玩笑嗎？」

「不可能會因為開玩笑就做到這種地步吧？」

在當時的狀況理應採取的正確行動，是對少女見死不救趕緊逃離現場。

由於拯救了這名少女，我們的長相已經曝露給追捕她的組織。

在襲擊者的背後肯定有幕後黑手。這樣一來在這個鎮上的行動就會受到很大的限制。

「……可是這樣很奇怪啊。因為上一任黑翼族的魔王已經是三十年前以上的事了。人類很快就會變成老爺爺對吧？你不管怎麼看都很年輕，所以肯定是騙人的。」

「是啊。我們是在未來相遇的。四年後我會遇見魔王。沒錯，那個人就是妳。」

由於這番話太過唐突，少女擺出了一副茫然自失的表情。

「你在說什麼？」

「我的這雙眼睛可以看見未來。」

發動【翡翠眼】。我的眼睛閃耀著翡翠色的光芒。

【翡翠眼】根本不具有能看透未來的能力，然而，如果是有某種程度魔術底子的人，應該能理解這是具有力量的魔眼。

「因為妳是我未來會相遇的魔王，所以我才救了妳。還需要其他說明嗎？」

「……我是……未來的魔王，真是讓人笑不出來的笑話呢。」

「這不是開玩笑，我確實用這雙眼睛看到了。」

我笑著對她如此說道。

少女有點無所適從。

無論是否相信我這番話，她也察覺自己身為魔王候補一事被發現了。

她撫摸著用手套蓋住的左手。

手上有著印記。

會扯到未來之類的事情，是因為女孩子基本上都對未來還是命運這種字眼沒抵抗力，考慮到她的境遇後認為這樣比較容易說服，所以才想出了這種「設定」。

「我原本以為人類既脆弱，用起魔術也是三腳貓水準，但也有像你這種擁有奇怪力量的人存在呢。」

「還好啦，只是脆弱這點就請妳訂正吧。妳似乎在懷疑這是不是陷阱……如果我意圖加害妳，就憑現在的妳根本就不需要設什麼圈套。畢竟我是勇者，比妳還要強。」

我脫下手套，讓她看我刻在手背上的印記。

那是唯有勇者才會被刻上的證明。

「重新自我介紹吧。我是【癒】之勇者凱亞爾葛。」

「！原來你是勇者啊。」

少女的警戒心變強，進入戰鬥模式。

一旦演變成戰鬥是很麻煩，但那樣倒也無妨。用實力讓她了解現況也不失為一種樂趣。

畢竟我毫無疑問會取勝。我的【翡翠眼】已經看穿了魔王（暫稱）少女的一切。

種族：黑翼族　名字：夏娃・莉絲
職階：魔王候補、墮天使　等級：51
狀態值：
MP：21／187
物理攻擊：133　物理防禦：97　魔力攻擊：123
魔力抗性：87　速度：109
等級上限：70
天賦值：
MP：89
物理攻擊：125　物理防禦：90　魔力攻擊：115
魔力抗性：80　速度：101　合計天賦值：600
技能：

・暗黑魔術Ｌｖ２　・神聖魔術Ｌｖ２
・黑翼武鬥Ｌｖ２　・眷屬召喚Ｌｖ１
特技：
・混沌的墮天使Ｌｖ２：受到光與闇寵愛的存在。暗黑魔術、神聖魔術的精度、威力提升。
・漆黑搖籃Ｌｖ１：在身上纏繞黑色鬥氣。身體能力提升。魔力攻擊會上升補正。
・魔王候補：全數值上升補正（微小）。當現任魔王死亡時會接受選拔。
・成為眷屬的邀請：與使者靈魂之間的契約權。一旦締結契約，靈魂會寄宿在羽翼中透過眷屬召喚的方式呼喚出來。

我第一次看到合計天賦值居然達到600。
像我和芙蕾雅這樣的勇者也也不過500多。而且她的等級也突破了50。
技能和特技也相當優秀。
不僅能運用人類無法使用的光與闇的魔術，甚至還會稀有的召喚魔術。
獨特的戰鬥術【黑翼武鬥】也非常強大。
姑且是把所有技能都【模仿】過了一遍，但【眷屬召喚】如果沒有「成為眷屬的邀約」這項前置特技的話根本派不上用場。【暗黑魔術】與【神聖魔術】在今後就根據狀況來運用吧。

儘管我不僅等級、天賦值，甚至是技能和特技的優秀度都比她遜色不少，但從剛才的那波襲擊看來，這名少女的經驗和技術有著絕對的不足。要打贏她的方法多得是。

況且她的ＭＰ幾乎都消耗殆盡了。

「要戰鬥也沒關係，但是在那之前先聽我說。勇者確實是人類用來殺害魔族的道具，但我希望和魔族和平共存。之所以會幫助妳，也是認為要了結人類和魔族之間這莫名其妙的爭鬥，讓妳成為下任魔王對我來說會更加有益。」

「你又懂我的什麼了？」

「我說過會在未來遇見妳了吧。至少比起讓追著妳的那些傢伙稱心如意，還不如由妳來當魔王比較好。所以在那之前我都會保護妳。」

我窺探了她的記憶，得知她是魔王的候補。

一旦魔王死期將近，二十個種族都會有一人在手背被刻劃上魔王候補的證明。

然後在魔王死去的同時，他們其中之一便會繼承魔王。至於被挑選的基準不明。

三十年前，當黑翼族的魔王死去後，被選為新任魔王的是其他種族。

那名魔王實力弱小。他使用卑鄙的策略殺害了其他候補才被選上，並徹底冷落前代魔王的種族黑翼族，剝奪他們的權力。

他不僅無法忍受自己和被歌頌為名君的前代魔王做比較，也無法忍受自己以外的人握有權力。

基於這樣的自卑感，他殘酷地迫害黑翼族以及和前代魔王有過深交的所有種族。

而如今自己死期將近，黑翼族又出現了魔王候補，讓他陷入恐慌。要是再次由黑翼族當上魔王，長年遭受自己苛待的黑翼族是不是會選擇報復？為了要消除這股不安，他決定動用魔王的權限將黑翼族趕盡殺絕。

「不能相信。我果然沒辦法拜託你……沒辦法拜託勇者。我很感謝你救了我。但是我們就在這裡道別吧。」

她轉過身去。

這反應如我所料。

「這樣好嗎？像妳這種除了強以外一無是處的小孩一個人能做什麼？實際上要是我沒出手，妳早就死了。今後也是一樣。我來點出妳所欠缺的東西吧。為了逃跑所需的智慧不足、警戒心不足、逃跑的資金不足、伙伴不足、志向不足，連覺悟也不足。」

要殺掉只有強悍可取的對手很簡單。

只要二十四小時緊盯著對方，一直等到他毫無防備為止就好。

無論任何強者都會在某處露出破綻。只要是能有系統地行動的集團就能夠殺死她。

「囉唆！」

「照妳那個樣子，背後的羽翼又會變重了。」

魔王（暫稱）少女回頭。

她的羽翼上寄宿著無數同族的靈魂。

被現任魔王殺害的黑翼族靈魂在死後依附在她背後，希望她成為魔王幫忙報仇雪恨。

在第一輪的世界中被她所使喚的墮天使們，幾乎都是被現任魔王殺害的黑翼族。

「那你說我到底該怎麼做才好！」

彷彿像是在鬧脾氣似的，少女放聲大喊。

她至今為止都壓抑著自己的感情。

在一週前，她身邊還有負責護衛的黑翼族。然而卻被殺了。

變成孤身一人後，她壓抑著這份心情忍耐又忍耐，持續逃亡才輾轉來到這城鎮。

如今緊繃的心終於崩潰了。

「只要和我在一起就好。我會保護妳。妳不足的所有一切都由我來填補。如果妳希望的話，也有更積極的選項喔。」

「……更積極的選項？」

「就是殺害現在的魔王讓妳儘快當上魔王。只要現在的魔王一死，立刻就能挑選下一任魔王了吧？儘管候補者有無數人，但我可以保證妳會被選上。這樣一來，妳也能拯救在故鄉發抖的那些無助的同族喔。」

少女的眼裡寄宿了昏暗的火焰。

這可是令人難以抗拒的魅力。

從只能逃跑的每一天獲得解放，還能拯救同族。

更重要的，她肯定憎恨著打算將同族趕盡殺絕，還覬覦自己性命的魔王。

在復仇方面我可是專家。只要讓她墮入同樣的道路，容易操縱就行了。

「真令人嚮往。都讓我想要依靠你了。不過，把你真正的欲望告訴我。否則我無法相信你。不管怎麼看，你都不像是為了正義那種理由而行動的人。這點小事我也明白。你說的真話，只有說想要保護我的時候，還有想殺了魔王的時候。」

我有點佩服她了。她相當敏銳。我說人類與魔族和平共存只是場面話。

我想要的有兩個。

第一個，就是這少女本身。儘管現在還是雛鳥，但最後會成長為連曾經敵對的我也看得如醉如痴的美麗少女。

她最後流下眼淚的模樣實在是楚楚動人。所以我才想要得到手。

另一個則是……

「我想要魔王的心臟。哎呀，不是要在妳成為魔王後把心臟挖出來。只是要在殺了現任魔王後順便挖出來。那可是妳所盼望的報酬喔。」

這件事我不想讓剎那和芙蕾雅聽到，所以在她耳邊低語。

不過她果然知道啊，少女瞪大了雙眼。

魔王的心臟在被挖出後會變成紅色的寶石。

【賢者之石】——過去我曾使用那個【恢復】了整個世界。

儘管我沒打算在這個世界使用，但還是做好準備，以備隨時都能重來。

話雖如此，我還是不忍心為了確保後路而殺害自己中意的魔王。這樣太浪費了。

不過若對方是魔王（玩具）憎恨的現任魔王（混帳），就可以兼顧興趣和實際利益殺死他好獲得稀有道具。

「給我一個晚上考慮。今天我會和你一起行動。」

「嗯，妳好好考慮吧。」

她一定會接受這個提案。那已經是被復仇魅力吸引的人特有的眼神。

這樣一來就逃不出我的手掌心了。好啦，先想想從明天開始要怎麼用這魔王（玩具）來玩樂吧。

第五話 回復術士用魔王來玩樂

我給了未來的魔王思考的時間，在貧民區的廢屋裡過了一晚。

她可說已經有一半掌握在我的手裡。

然而，依然有幾個點讓我感到在意。

她目前被現任魔王盯上。這沒什麼問題。

令我好奇的是，這個少女再怎麼樣也不可能孤身一人持續躲藏追兵的襲擊，然而事實上，她在第一輪的世界還是順利當上魔王。

這名少女……夏娃．莉絲很強。而且是難以置信的強大。

但那不過是以生物而言的強悍。她的感知能力如同門外漢，魔術水準只是半吊子，甚至也沒有學過武術。

等級很高，但不像【劍聖】克蕾赫那樣是經歷過壯烈的死鬥才得以提升到的境界。

因為魔族和人類不同，出生時就擁有一定水準的等級。

她只是湊巧在出生時就具有如此強大的力量。

畢竟她是前任魔王的血脈，有受過最低程度的教養，然而卻是個嬌生慣養的大小姐，沒有生活能力又充滿破綻。以我的觀點來看任何人都能輕易殺死她。

以結論來說，被職業殺手盯上後根本不可能活命。

既然她在第一輪的世界存活了下來，那麼應該會出現一個幫助她的存在。

而且還是在她被現任魔王覬覦性命的狀況下，依然能保護她直到繼承魔王為止的超一流守護者。

簡而言之，我在擔心那個超一流的守護者是否會與我為敵。

她本身應該也不知道那個人的存在。要是知道的話昨天就不會做出那種反應。

「凱亞爾葛大人，你在想事情嗎？」

剎那以一種熱情又夾帶著些許不安的聲色詢問。

現在是早晨。

我們正在進行早上的例行公事。

「抱歉，在辦事的途中想著其他女人是有點不解風情。我現在得專注在剎那身上。」

至少在做例行公事時得看著剎那。

當我專注在剎那身上竭盡全力疼愛她，剎那就開心了起來。

「凱亞爾葛大人，剎那非常開心。再抱更緊一點。」

「嗯，我會抱緊妳的。」

剎那用力地抱住我。

過了一會兒後例行公事結束。這樣剎那又變得更強了。

完事後剎那當場累癱，不停喘著大氣。

然後用朦朧的眼神望著我。

我們的嘴唇重疊在一起。

她像是要撒嬌似的用舌頭糾纏著我。

依舊是個可愛的傢伙。

「什……什……什……你們一大早就在做什麼啦！」

「只是例行公事。別大驚小怪。」

芙蕾雅依舊睡得香甜，不過魔王（暫稱）少女夏娃已經起床了。

而且，儘管她用手遮住紅通通的臉龐……卻從指尖的隙縫中仔細地盯著我和剎那早上的例行公事。

「當然會驚訝啊！為什麼要在我的面前做出那種……」

「我說這是例行公事了啊。有打掃過的只有這間房間。那麼就算妳在旁邊看我們也只能在這裡做。」

我們在昨晚打掃了這間廢屋，並清理掉瓦礫和垃圾，設法讓我們可以在這過夜，但清出一間房間就已經是極限了。

不如說，我不認為有必要清掃到其他房間也可以居住。

我們正被追兵追趕。

儘管有使用氣息遮斷、入侵者察知，還設下了簡單的防禦結界，然而一旦面積越廣，要維持強度所需的魔力自然會翻倍增加。

不能只是為了確保私人空間，而在好幾間房間設下結界，這樣不僅強度會下降，甚至會累壞我自己。

更重要的是，我和剎那都是被人注視反而會更興奮的類型。

「搞……搞不懂你在想什麼。你也打算對我做出這種事嗎？」

這樣說完後，夏娃用雙手抱著身體向後退。

「怎麼可能啊。我不喜歡強迫別人做這些事。更何況我也不缺女人。」

我抱緊剎那。

她開心地將身體倚靠在我身上。

同時我也順便摸了睡夢中的芙蕾雅的屁股，隨後她便發出幸福的呼吸聲。

「不過，假如妳欲求不滿的話我也是可以侵犯妳。不然就現在來做吧？」

「不用你多管閒事！」

哦，我想說她都濕成一片了應該很感興趣才對。

要是過於深入追究，惹她不開心也不好。

「總而言之，先吃早餐吧。在吃完之前妳就整理好自己想要怎麼做……剎那，把芙蕾雅叫起來開始今天的訓練。我會在那段期間準備早餐。」

儘管夏娃氣勢驚人地吃著熊鍋，但吃不到一半就遭受襲擊。

所以昨天晚上夏娃的肚子不斷咕嚕咕嚕叫。原本就算提供她宵夜也無妨，但基於某個理由我刻意置之不理。

「明白了。剎那只要察覺到可疑的氣息就會立刻趕回來，並傳遞信號。」

「麻煩了。妳很了解自己該怎麼做呢。」

我撫摸剎那的頭。

一旦這麼做，剎那就會擺動她那狼尾巴。

她穿上衣服，把芙蕾雅叫醒……不，是敲醒才對。

「呀！好痛！剎那妳突然做什麼啊？」

「芙蕾雅今天也睡懶覺。」

「啊嗚！我又搞砸了……原本還打算今天一定要加入每天早上的例行公事的說。」

「不用擔心，沒辦法加入早上例行公事而溫存的體力，剎那會一滴不剩地全部榨乾。」

「咿～～魔……魔鬼教官！凱亞爾葛大人，救我，不要啊啊啊啊啊！」

剎那揪住芙蕾雅的脖子把人拉到外頭去了。

雖然看起來那樣，但是那兩人的感情很好。

儘管芙蕾雅自己沒有意識到這點，但她每天都一步步地變得更強。剎那是個不錯的老師。

ゴゴゴゴ

◇

「結果你到底是好人還是壞人啊？」

夏娃喝著我泡的茶並向我搭話。

她已經脫下用來隱藏羽翼的長袍，露出美麗又漆黑的羽翼。

我可以從她的羽翼感覺到強大的魔力與無數的靈魂。

除了本體以外，恐怕羽翼上的每根羽毛都具有儲存龐大魔力的功能。

令人有點羨慕。甚至會想要拔個一兩根試試看能不能加工在我的裝備上。

「我是好人啊。不是我自誇，在這世上應該沒有比我更善良的人了。」

既溫和又紳士，充滿正義感的凱亞爾葛大人就是我。正因為我是這樣的人，剎那才會迷戀我。

奪走記憶後洗腦的芙蕾雅也是，儘管契機比較特別，再怎麼說也是在洗腦後才培養了羈絆。這毫無疑問是因為我的人品。

【劍聖】克蕾赫也是用正攻法追求，現在被我迷得神魂顛倒，這樣的我怎可能是壞人。

「我認為會充滿自信地說出這種話的人沒一個是好東西喔。」

「會充滿自信指稱自己是壞人的人，毫無疑問地更加人渣。言語中具有力量。只要持續說自己是好人就會成為一個好人，相反的，一直說自己是壞人當然也會變成那樣，並採取相對應的行動。」

這是一種真理。因此我會持續聲稱自己是個好人。

我並沒有說謊。因為她預定會成為我的所有物（玩具）。

對於重要的所有物（玩具）而言，我毫無疑問是個好人。只是對復仇對象來說就是個惡魔了。

「你很愛狡辯呢。」

「是有這種傾向啦。不過先別管這些，來自我介紹吧。我還不知道妳的名字。雖然我已經自我介紹過了，就重新來過一遍吧。我是【癒】之勇者凱亞爾葛。」

「……我是黑翼族的夏娃・莉絲。是前代魔王的孫子，也是魔王候補之一。」

「夏娃啊，這可愛的名字非常適合妳。」

脫下長袍的她毫無疑問是個美少女。

年齡大約十五六歲左右，漆黑的秀髮與白皙的肌膚非常適合。深紅的眼瞳也充滿魅力。至於臉蛋則宛如人偶一樣清秀。

「多謝誇獎。」

夏娃對我抱有戒心。

一大早就在她眼前上演活春宮也是她警戒我的理由吧。

算了，我並不在乎她會做出何種選擇。

雖然她在成為魔王前就喪命會讓我很困擾，但透過洗腦毀壞她的人格作為一個傀儡對我言聽計從也毫無意義。

我想要的，是在未來成長後的夏娃。是那個美麗又高貴的魔王，不是像芙蕾雅那種聽話又便利的自慰道具。

我思考著這些事情，同時準備早餐。

老是吃麵包都有點膩了，今天來煮個麵吧。

我用水慢慢溶解麵粉。

將麵糊緩緩倒入湯裡，就會形成鬆軟Q彈的白色塊狀物體。形狀及口感與東方料理餛飩非常相似。

煮到入味就會變得更加美味。

至於湯汁本身，則是放了很多前幾天狩獵時宰殺的犬類魔物燻製過的肉乾。

裡面有能提高速度天賦值的貴重適合因子。

老實說，我並不想讓隊伍以外的人吃下能提高天賦值的食物。但她是特別的。

「你很擅長做料理呢。」

「明明在旅行卻不會自己做飯可是很致命的問題，這同時也是妳的缺點。享用美味又有營養的料理是旅行中最大的娛樂。能治癒疲憊的身心，豐富旅程……不對，性愛才是最大的娛樂，所以排在第二吧？」

「我說，為什麼你那麼沒有節操啊？」

對夏娃這種類型的少女，要採取露骨的態度故意惹她生氣，才是解除她戒心的正確答案。

雖然我不會說出口，但我保有無數人類的記憶，理解對待各種類型的人時要如何讓他們敞開心扉。

「只要夏娃選擇加入我們，到時就會一起旅行。要是我們有什麼不為人知的祕密妳也會覺得很拘束吧？要是只在夏娃做出結論之前隱瞞這些祕密，到時一旦被妳抱怨也只會導致雙方不幸。所以我才決定要把自己的一切都對妳坦白。」

「……想不到你考慮得這麼周到。」

「畢竟妳是我重要的伙伴候補。好啦，剎那和芙蕾雅也差不多要回來了。來吃早餐吧。」

結界感應到剎那她們回來。

希望今天的早餐會合妳們胃口。

◇

「凱亞爾葛大人，今天的湯非常好喝。」

「對呀，這麵條吃起來軟軟嫩嫩的，口感好新鮮，味道也很濃郁真讓人難以抗拒。」

看樣子今天的湯大受好評。

加進燻製的肉乾熬出濃郁的湯頭，調味方面則是使用了大豆味噌。

大豆味噌抵銷了我隨性加了進去的山菜特有的苦味，變得非常容易入口。

更重要的是她們一直以來都吃著麵包，難得吃到這種麵疙瘩還是很開心吧。

剎那和芙蕾雅一轉眼就吃光了，甚至還要再來一碗。

將麵粉緩緩溶解後的產物添加進湯裡來吃的這種麵疙瘩，只要一點量就可大量製作，是非常適合旅行的料理。

我望向夏娃。

她眼裡的淚水奪眶而出。

「難吃到甚至讓妳流淚嗎？」

夏娃慌忙地揉了揉眼睛拭去淚水。

「不是，因為我很久沒這麼安心地……吃到美味的食物，感覺格外溫暖，為什麼呢？我的眼淚停不下來。」

這也無可厚非。

夏娃只不過是個不食人間煙火的大小姐，在護衛死去後的這一週，得經常害怕著周遭，根本無法好好入睡或是進食。雖然昨天狼吞虎嚥地吃著熊鍋，但也只吃到了一點點，何況也因為被人盯上導致疑神疑鬼，根本無暇好好地品嚐火鍋的滋味。

雖說是無法放鬆戒心的對象，但我姑且也曾捨命救了她一命，目前並不會加害於她。在我的保護下，她可以安心地細細品嚐美食，有一種如釋重負的感覺。

其實這也是我的目的。

在唯一壓倒性的現實面前，無論是感情論還是對我的戒心，這所有一切都會粉碎。

這就是能安全品嚐美食的魅力。

餵食這種行為儘管原始，但對飢餓的獵物來說是最具效果的方法。能夠否定這個方法的，只有從來沒有真正感受到飢餓的對象而已。

胃受到控制的獵物，會基於生存本能強迫自己擠出一個最冠冕堂皇的理由擅自說服自己的理性。

在喝下這碗湯的那一刻，夏娃已經失去不與我們一起行動的選項了。她現在想必正如我所策劃的一樣，正在思考跟著我們一起走的理由。

「那就好。要再吃一碗也沒關係，妳就盡量吃吧。」

「謝謝……好好吃，真的好好吃。」

她正在仔細品嚐，享受用餐的樂趣。

如果這種程度就能滿足，今後要讓她吃多少都行。

當連鍋底都被吃得一乾二淨時，我發給所有人蔓越莓乾。

這是我在山上採來後曬乾製成的。

「剎那喜歡這個。」

「凱亞爾葛大人總是會在用完餐後給我們吃這個呢。」

「這是為了健康喔。」

根據我用【恢復】得來的冒險者的知識，不管是水果還是什麼都沒關係，都得在用完餐後攝取一些酸性的食物。

所以，只要發現樹果我就會像這樣加工成乾糧，盡可能地帶在身上。

「好甜，好久沒吃到甜食了。」

這道點心似乎也觸動了夏娃的心弦。她看起來真的是津津有味地吃著蔓越莓乾。

無論是什麼時代，女人和小孩都喜歡甜食。

她正在一顆一顆仔細品嚐。而我則是等她吃完。

於是，約定的時間到了。

「夏娃，妳答應過要在用完早餐後會決定是否要跟著我，對吧？我整理一下條件吧。我所提案的，是夏娃妳必須要一起和我們行動。我們可以從追兵手中保護妳，我們很強。我可以保證直到妳成為魔王以前都會有一趟安全的旅程。如果妳希望，我甚至可以殺了現任魔王。如此一來，為數不多的倖存黑翼族就能得救。」

夏娃筆直地注視著我的雙眼。

「這是充滿魅力的提案。但是我能提供的回報可說幾乎沒有喔。」

「妳可以在許多方面提供。首先單純以戰力來說妳相當優秀。儘管技術方面還太過稚嫩，但以生物的觀點來說十分強大。一旦妳成為伙伴，我就不會允許妳吃白飯。會讓妳為我們使用那股戰鬥力。」

夏娃與生俱來的力量過於強大。

假使我認真地鍛鍊這名渾身都是才能的少女，就連我都無法想像她究竟會成為怎樣的怪物。

「繼續說吧。我想殺掉魔王，理由應該已經告訴妳了。只要把針對妳的刺客擊斃，就能順水推舟引出有關魔王的情報，而且夏娃妳的強大戰鬥力甚至能成為殺害魔王的重要手牌。」

然後，這有部分也關係到我自己的原則。

那就是魔王的心臟。【賢者之石】是我垂涎三尺的道具。

為此我必須殺了魔王。

不過基於自己立下的誓約，我不會單方面地去殺害沒有危害到自己的對象。

一旦做出那種事，我就會從正義的一方墮落成和過去曾折磨我的那群垃圾沒兩樣了。

如果夏娃願意成為我的所有物(玩具)，現任魔王就會成為試圖搶奪我所有物(玩具)的敵人。

換句話說，他就會成為一個讓我愉悅的復仇對象。

不管是誰，我都不會原諒有人掠奪我。到時我就能開心地殺死他，挖出心臟獲得【賢者之石】。所以為了殺害現任魔王，我有必要將夏娃拉攏為自己的同伴。

「真的只有那樣嗎？你只因為這種理由就願意捨命保護我？」

「只有這樣。說得更明白一點，之前也提過，我想終結魔族與人類之間的戰爭。希望妳當上魔王後，能成為與人類站上談判桌交涉的魔王。只要妳能為了魔族利益，把除了戰鬥以外的方法也納入選項之中，這樣就夠了。」

「為什麼你想結束戰爭？」

「沒有意義的互相殘殺很麻煩啊。即使拚個你死我活，到頭來根本就一無所獲不是嗎？」

更何況和魔族之間的戰爭是吉歐拉爾王國為了合法獲得其他國家的支援才引起的。一想到為了他們讓人類和魔族繼續淌下鮮血就覺得噁心。作為一個有著強烈正義感的人，我不能眼睜睜看著這樣無意義的悲劇接連不斷地上演。

「……你的目的應該不是為了我的身體吧？」

「妳到底是有多自戀啊？明明只是個小姑娘。該不會是以為我愛上了妳，所以不僅要捨命保護妳，甚至不惜讓我重要的女人……剎那和芙蕾雅都陷於危險之中也要這麼做嗎？妳認為自己的身體有這樣的價值嗎？不愧是魔王候補。對自己的評價真是高到令人驚嘆。就連我也沒有那種自信呢。」

夏娃滿臉通紅，身體不斷顫抖。就連放在膝蓋的雙手也開始抖動，淚眼汪汪。

糟糕，因為她稍微說中了一點，害得我似乎反應過度了。

這下做得太過火了。搞不好她會鬧彆扭。

「知道了。我跟你走就是了！既然要跟你們一起行動我就會幫忙。別看我這樣，我可是很強的喔。只是比較不會應對偷襲的手段罷了，要是從正面攻打過來，像昨天那些追兵根本就不算什麼！」

「當妳自鳴得意地說自己能用正攻法戰勝以暗殺和收集情報為生的對手時，可就非常令人不安了。該怎麼說，就像是看到一個小姑娘說自己在陸地上就能以賽跑贏過魚一樣吧？」

不行。在和夏娃交談會讓我幾乎是下意識地想要捉弄她。

因為夏娃身上散發那樣的氣場。

「閉嘴！閉嘴！為什麼要講那麼壞心眼的話啦？總之，今後就麻煩你多多指教了！還有我不是小姑娘，是一個成熟的大人了！」

我露出苦笑。

不管怎麼說，這樣就獲得了未來的魔王。

今後，她應該能讓我的人生更有樂趣。

總之呢，先按照當初的預定在這個城鎮收集情報吧。

畢竟我也很在意公主妹妹的動向。

「知道了，知道了。我對說妳是小姑娘的這件事道歉。」

「其實你根本就無心賠罪吧。就算是我……只要有那個意思也是可以做那種事的。」

不知為何她突然開始鬧脾氣了。

搞不懂她要一頭熱辯解的理由。

不對，看到剎那的臉後我就懂了。

每當她說自己不是小姑娘時，剎那就會對此嗤之以鼻。

看在有類似境遇的剎那眼裡，夏娃就像是個備受呵護的大小姐。這樣也可以理解她為何會有這種反應。

而且剎那的獨占欲很強。儘管身為所有物（玩具），從來不曾開口抱怨表示不滿，但每當我要對新的女人出手時，她的內心就會受到傷害並累積不滿的情緒。

即使如此，剎那還是會忍耐並用心侍奉我，這點真是可愛，所以帶新的女人到剎那面前甚至成為了我的樂趣。

「嗚嗚嗚，我會向你證明。即使是我也辦得到。」

我發現夏娃的一個新缺點了。

那就是非常不服輸。為了今後還是稍微糾正她一下比較好。

得讓她用身體明白不經意說出的一句話，究竟會引發什麼後果才行。

「是嗎，夏娃是成熟的大人，還辦得到這種事啊。那麼就請妳當場證明一下吧。」

看，這就是所謂送上門的食物。我當然樂意出手。

第六話 回復術士想要新寵物

試著調侃了一下自掘墳墓的夏娃。
被戲弄的本人現在面紅耳赤地瞪著我，整理凌亂的衣服。
明明是她自己要我出手我才做的，但做到一半就淚眼汪汪地哭著叫媽媽了。
這實在讓人軟屌。
畢竟我也沒有打算霸王硬上弓，所以就乾脆地收手了。
「在誘惑男人時要好好想清楚。」
「凱亞爾葛大人說得沒錯。妳像這樣中途拒絕害得凱亞爾葛大人還要體諒妳，很失禮。」
剎那也嗯嗯連聲點頭。看來剎那對夏娃絲毫不留情面啊。
「我是有說可以襲擊我，但沒想到你會當真襲擊過來嘛！」
「因為，我不懂得變通。」
「不懂你在說什麼啦！」
真奇怪，根據某位冒險者的記憶，只要這樣說女人應該就能接受才對啊。
話說，有件事我很在意。

「黑翼族也是出色的魔族對吧。那想必也能使喚魔物才對。黑翼族到底可以使喚什麼樣的魔物？」

所謂的魔物，就是因為寄宿了魔力而突然引起異變的動物。

而魔族，則是能使喚魔物的人種。

就像這個鎮上的狂牛族能使喚牛類魔物，黑翼族應該也能奴役某種魔物才對。

在第一輪的世界與魔王對峙時，我以為從羽翼上現身的墮天使們就是魔物，但用【翡翠眼】看過她之後我就懂了。

那不過是她透過自身的召喚魔術【眷屬召喚】，將寄宿在羽翼上的死去同族之靈魂召喚出來罷了。

那麼，除了墮天使以外，她應該還能使喚別種魔物才對。

「當然有啊。不過，要控制那個非常困難，應該說需要通過試煉……」

她語中帶有保留。

看來要使喚這種魔物需要某種特殊理由。

「如果有必要通過試煉的話我可以幫忙。因為我想要更多的戰力。務必想弄到手。」

以夏娃作為判斷依據，黑翼族是非常強力的種族。

魔物的強度與使喚自己的魔族之間會呈現等比關係。

所以夏娃的魔物肯定很強大。我自然不可能放過這樣的戰力。

「雖然人類不知道，但魔物會無條件地服從魔族，是因為魔族是比魔物更上位的存在。不過啊，偶爾也會出現比魔族更強的魔物，甚至還具有高度智慧的案例。在這種狀況下，魔物就會測試魔族。」

「反過來說，只要魔物承認魔族就會言聽計從了是嗎？」

什麼嘛，這還不簡單。

有什麼好猶豫的呢？

如果試煉是必要的，趕緊通過不就得了。

「我說過是上位的存在對吧。黑翼族能使喚的，就是超越魔物這個領域的守護神，死病的神鳥咖喇杜力烏斯。那是足以把我整個人吞下肚的白色巨鳥。只有腳、脖子和尾巴的根部是黑色的，非常漂亮……但卻是一種不祥的鳥類魔物。」

當我聽到咖喇杜力烏斯這名字後。就試圖在腦內搜尋相關記憶。

牠出現在我用【恢復】得來的記憶裡。

甚至還留存在人類的傳說之中。就如夏娃所說，牠並非是魔物，而是被視為神明來崇拜。

從前，強烈的傳染病在國內蔓延，我治癒過的怪病與其相比根本是小巫見大巫。

然而牠卻將這種病狀徹底啃蝕殆盡後飛離而去，被視為救國神鳥。

相反的，也有傳說指出牠是毀滅的魔鳥。據說只要吃下牠的肉便能長生不老，某個國家因此率領了上千士兵的軍隊前往狩獵。

結果，在觸碰到咖喇杜力烏斯拍打翅膀而刮起的旋風後，軍隊瞬間就染上致命疾病遭到毀滅。後來更因感染這種疾病的倖存者返回王國，進一步摧毀了整個國家。

在那之後，據說咖喇杜力烏斯再次現身，津津有味地啃蝕著大量蔓延的疾病。

簡而言之，牠具有啃蝕疾病以及傳染疾病的能力。

基本上是一種只會啃蝕疾病來吃的益鳥，然而在與其敵對的瞬間，牠就會成為傳染疾病的害鳥。

「真想得到手。既然牠被尊稱為神鳥，應該知道牠的棲息地在哪吧？立刻去找牠吧。我想要一個新寵物。」

雖然馳龍也很可愛，但神鳥咖喇杜力烏斯也十分讓人期待。

「你……你是認真的嗎？會死掉啦！那可是不知道毀滅了多少國家的災害耶，就連試煉也從來都沒有任何人成功通過！」

夏娃拚命試圖阻止我。

雖然麻煩，也只好說服她了。

……由於獲得了夏娃的記憶，我自己去找也行，但為了今後能締結更友好的關係，還是想獲得她的同意。

「夏娃，說起來我還沒有跟妳確認過呢。妳是打算先待在我的身邊，等活到總有一天自動成為魔王就滿足了嗎？還是說，妳想要收拾現任魔王，好拯救更多的同伴？妳想選擇哪邊？」

「……當然是後者啊。我不想再繼續讓那傢伙為所欲為。而且，我絕對無法原諒那傢伙把黑翼族搞得這麼悽慘。我要親手殺了他。」

我以為她是個天真的傢伙，但眼神非常好。

她的羽翼中寄宿無數帶著悔恨死去的同胞們的靈魂。

是他們在煽動著她的情緒嗎？

某種意義上來說，這算是一種詛咒。

「那麼，既然眼前有最棒的戰力，就算有風險也應該要設法得到手才對。神鳥咖喇杜力烏斯具有毀滅了好幾個國家的力量。只要好好使用，甚至會比百萬大軍更為強大。」

是便利的寵物。

正確來說，不是我的寵物而是夏娃的寵物，但我的所有物（玩具）的寵物就是我的寵物。

「可是，我無法克服那道試煉。因為是要和最凶惡的疾病對抗啊。只要是生物就絕對沒辦法。」

這倒簡單。

和疾病戰鬥可是我的得意領域。

「妳忘了嗎？我可是【癒】之勇者。只要我還活著，就不會讓任何人死去。」

神鳥的疾病十分強力，想必正常水準的藥物和魔術根本派不上用場。

「就算是神明創造的疾病，只要是病我就會治好給妳看。」

夏娃吞了口口水。

她自己也心知肚明。

如果能讓神鳥成為同伴，那會有多麼可靠。

而能夠戰勝試煉的存在就在她眼前。

「夏娃，妳懂吧？就算是危險的賭注，還是要趁我這個致勝關鍵在的時候挑戰比較好。」

儘管我嘴上這麼說，但關於神鳥這件事絕不能想得太過樂觀。

因為我知道就連在第一輪的世界，成為了魔王的夏娃依舊迴避這個試煉。

芙列雅公主以【術】之勇者來說堪稱完美，然而夏娃卻彈回她所施展的第七位階魔術，殺死【砲】之勇者，砍倒【劍】之勇者。就連如此強力的魔王都為之卻步。

甚至有可能連我的【恢復】都不管用。

到時說不定有需要用到我的王牌——第六招【恢復】。

「我知道了。的確，如果真的想殺掉現任魔王就有必要這麼做。說不定去挑戰試煉會比較好。不過，要承接試煉需要具備幾個條件。其中之一是與連繫的星軌有關。出發時間是兩週後。從這裡步行大約五天就會抵達神鳥咖喇杜力烏斯的棲息地。要承接試煉的時間是在三週後，不過還是稍微留有一點餘裕比較好。」

恐怕是施加了特殊的封印吧。

不知道是神鳥咖喇杜力烏斯自己施加的，或者是畏懼神鳥之力的黑翼族所施加的，但既然具有如此實力的她都這麼說了，那也只能乖乖等到那一天。

「好吧。就等到那之後再殺了現任魔王。畢竟我也不能離開這裡，就暫時在這個城鎮收集情報吧。」

「我同意這麼做。這樣應該比較安全。」

幸好夏娃同意在挑戰試煉之前的這段時間留在這座城鎮。

因為與公主妹妹之間的愉快遊戲就快開始了。

我不想在那之前離開這座城鎮。

神鳥的棲息地相當遠，在意識到不可能當天來回的當下，我就完全沒打算在吉歐拉爾王國襲擊這個城鎮之前離開這裡。

「那麼，我馬上去鎮上打聽消息。剎那和芙蕾雅在這個藏身處待命，麻煩妳們保護夏娃。要是發生什麼狀況，就像平常那樣去做，交給妳們了。」

「等一下，你的身分……不是已經被鎖定了嗎？」

雖說已把襲擊者趕盡殺絕，可是當時還有人在外面負責監視，最好假設那傢伙已經把我的長相告訴別人。

不過那又怎樣。

「【改良(Heal)】。」

我改變了樣貌。

現在我已不是原本應有的長相，而是透過【改良】變成了我想要的外觀。

和凱亞爾葛相比，變成了更適合去向人打聽情報的良善青年的臉孔。

「這樣就沒問題了吧。為了安全起見也把夏娃的臉改變一下比較好……不過我很中意妳那張臉，不打算進行調整。那麼我去去就回。」

「你連這種事都辦得到啊。難道說我至今看到的臉也是假的？」

「嗯，是假的。我的真實臉孔並不是這樣。」

凱亞爾。那宛如嬌羞少女一般的長相會讓人有機可趁。

所以我並不是很喜歡。

「希望總有一天能看到你真正的臉呢。想必那一定是像你的內心一樣乖僻扭曲的臉孔。」

說得真過分啊。

是說，原來她是這樣看待我的。明明我表現得如此像個溫柔紳士。

「凱亞爾葛大人真正的臉孔，很帥氣。而且非常溫柔，剎那很喜歡。」

「我也是這麼想的。有種會讓人想緊緊抱住的感覺。」

剎那和芙蕾雅都紅著臉頰低喃說道。

我曾經在她們面前以凱亞爾的臉示人。

之前已經向她們說過凱亞爾葛的臉是虛假的外貌，後來曾在床上要求我以真面目來做。

從那以後，她們倆都很中意凱亞爾的臉。

根據她們的說法是，那張臉真的很有我的風格。

明明我已經捨棄了凱亞爾的天真、優柔寡斷以及懦弱，看來還留有我捨棄在某處的殘渣。

「就期待我帶回來的伴手禮吧。」

話題到此結束。出門吧。

第七話 回復術士宣洩食物引起的仇恨

我來到了鎮上。

昨天有點失敗。

將所有襲擊者殺光是還好，但應該至少要留下一個活口綁走他藉此獲取情報。

因為他們糟蹋了一間能端出少見美味料理的好店，害我心頭火起把人殺了，實在失策。

必須反省才行。

一旦失去冷靜，等待著的只有死亡。於是我試著對自己的內心低喃：「我是復仇鬼。早就失去了所有感情。只是個面不改色殺人而活著的存在」。

噢，感覺心情好像平靜了。這樣我從現在起也是個殺人不眨眼的復仇鬼了。

成為了復仇鬼的我，正坐在一間咖啡廳，這裡能看見昨天享受餐點到一半時就遭受襲擊的那間旅社，我坐在這凝視著它如今的悽慘狀況。

「回去時得記得要買些毛毯之類的物品。」

那間廢屋沒有像毛毯這種貼心的方便物品。

因此昨晚相當難以入眠。

為了健康以及舒適的睡眠，有必要盡快取得毛毯。

「果然引起騷動了啊。」

畢竟這間附有酒館的旅社在鎮上很受歡迎，但如今卻被燒得精光。

從窗戶望去可看見旅社被燒得很慘烈的一樓，前面聚集了許多人潮。

我仔細地窺探周遭。

尋找是否有昨天那群襲擊者的同夥。

就算沒有襲擊者的情報，只要找出在追查夏娃蹤跡的傢伙就行了，如果他們的目標是夏娃一定會出現在這裡。

除了以舉止判斷之外，另一個手段則是用【翡翠眼】尋找高等級的魔族。

只是這樣發呆眺望實在無趣，於是我邊享受茶和點心持續警戒。

我點的是塗滿鮮奶油的戚風蛋糕，真的非常美味。

好像使用了狂牛族飼育的牛隻擠出的牛奶。

那並非魔物而是普通的牛。無論對人類還是魔族來說，魔物的肉與牛奶都是毒藥。不過聽說狂牛族也很擅長飼育一般牛隻，這塊戚風蛋糕所使用的鮮奶油在至今吃過的食物中也堪稱最高級別。

買來當作伴手禮帶回去吧。剎那她們一定也會很開心。

「哦，我本來還計劃對狂牛族見死不救，既然他們能做出這麼好吃的食物，那倒是有點浪費啊。就留他們一條生路吧。」

差點只因為一部分的狂牛族就讓我以偏概全。

盡可能從公主妹妹的軍勢中保護他們吧。

◇

點了第三杯紅茶。可疑的傢伙始終沒有現身。

是已經調查完了嗎？還是說到這個城鎮上的追兵只有昨天的襲擊者而已？

無論如何，繼續待在這裡也只是浪費時間。就買戚風蛋糕當伴手禮回去吧。

「不，看來並不是徒勞無功啊。有什麼事嗎？」

感覺到背後傳來殺意，我頭也不回地如此詢問。

在背後的某人連警告都沒有，就用小刀直接往我的要害刺了過來。

真是急性子。

「可惜，我看得一清二楚。」

這是從從【劍聖】克蕾赫身上【模仿】而來的技能【看破】。

能用肌膚感覺到存在於自身劍域的所有一切。

我挪動半步錯開身體，躲開刺過來的小刀，並抓住對手伸得筆直的手臂，利用這股力量將人摔了出去。

我讓襲擊者轉了一圈，把他從背部摔到地面，再從懷中取出小刀架住襲擊者的脖子。

「敢動一根手指我就切斷你的喉嚨。讓我聽聽你有什麼話想說吧。」

我溫柔地詢問對方。

此時店裡開始鼓譟起來。

真是的，真希望對方要襲擊前也要看場合啊。

難道都沒辦法忍到我去人煙稀少的地方嗎？沒有常識的傢伙真讓人傷腦筋。

更何況，單是用長袍覆蓋全身的這點就可疑到家了。又不是超級大外行夏娃，這種打扮根本就是在宣稱自己是可疑人士嘛。

「……把夏娃大人還給我們。現在答應的話，至少還可以饒過你一條小命。」

是女人的聲音。

年紀大約二十五歲以上。

是說夏娃大人？既然用「大人」尊稱夏娃，那應該是她的同伴吧。

真奇怪。無論是從夏娃本身的言論或是用【恢復】讀取來的記憶裡，一直以來保護她的護衛已經死了，她已經沒有任何人能依靠才對。

況且，為什麼我把夏娃帶走的這件事會洩漏？

「發問的人是我。別說多餘的話，只管回答我的問題。」

我用小刀淺淺地劃開她的皮膚。

襲擊者的心跳加快，汗如雨下。

這傢伙不習慣這樣的狀況。再綜合她的身手來推斷，應該是二流以上，但未滿一流的程度吧。

用【恢復】窺視她的記憶是最直截了當的作法，但是【恢復】的時候，會根據對方的記憶密度與內容讓我陷入幾秒鐘的無防備狀態。

說不定還有其他敵人。現在使用【恢復】的風險實在太大。

「我……要把夏娃大人……」

正當襲擊者打算說些什麼的時候……

突然響起了轟隆巨響。是腳步聲。而且不是人類發出的。從窗戶外面傳來巨大的腳步聲。

「難道是鐵頭母牛？」

狂牛族男子乘坐一頭魔物以驚人的速度突進過來。

那頭魔物的名字是鐵頭母牛。

不以石頭而是直接以鐵頭稱呼，證明這種牛的頭部硬度非比尋常。連尺寸也驚為天人，比馬還要大上兩圈。

體型壯碩，卻具有異常發達的腳力，瞬間時速甚至突破一百公里。

要是又巨大又堅硬的高速物體撞過來，會產生什麼樣的後果？

答案很簡單。

店家的牆壁宛如砂糖工藝品般瞬間粉碎，魔物就這樣筆直突進過來。

鐵頭母牛的全力一擊甚至連城牆都能擊碎。薄弱的咖啡廳牆壁根本就不堪一擊。

看來是打算把我連同襲擊者一起撞死。

「那個是妳的同伴嗎？」

「不對，是敵人。」

「這樣啊。」

我用裡拳擊打襲擊者的下顎。

剝奪了她的意識。

因為我盤問得也有點厭煩了。先讓她失去意識直接帶走，到了安全的場所再用【恢復】搜刮情報，好決定要殺她還是拋下她，這樣正好。

帶著這傢伙逃走吧。

要正面迎戰鐵頭母牛還滿費事的，加上現在還有個拖油瓶。

況且，已經牢牢做了記號。我在小刀上塗滿了只有嗅覺靈敏的冰狼族才能聞到的特殊香料，將那丟向鐵頭母牛刺中牠柔軟的側腹。即使把小刀拔掉傷口依舊會殘留香料的味道，而且整整三天三夜都無法去除。

只要距離不離得太遠，就能夠靠剎那的嗅覺追蹤。現在就先乖乖逃走，之後再趁敵人熟睡時襲擊吧。

我把襲擊者扛在肩上，當場跳了起來。

鐵頭母牛勢如破竹地朝我上一刻還在的場所衝撞了過去，整間店瞬間被撞個稀巴爛。

這舉動讓我咬牙切齒。

「啊啊，真的是惹火我了。這些傢伙是怎樣？居然把我中意的店一個接一個砸爛？」

昨天那間酒館幫忙把熊肉煮成頂級的美味熊鍋，是間隱藏好店。

然後，這間咖啡廳會端出擺滿最上乘鮮奶油的戚風蛋糕。

無論哪間店我都非常中意，下定決心還要再來的。這樣我不就沒辦法再次享受到了嗎？

真是豈有此理。

我不會輕易就殺了那個狂牛族男子。包括這傢伙的同伴也是。光靠這些傢伙的命根本就無法償還這筆帳。

「食物被剝奪的怨恨，就讓你們刻骨銘心地體會吧。」

我撂下這句話後，就將襲擊者扛在肩上迅速衝出店外，並選擇了一條狹窄的小巷往裡面衝了進去。

透過【改良】特化速度，同時解放大腦的極限用全力拉開距離。

儘管在外頭待命的狂牛族同夥試圖追上我，然而速度實在相去甚遠。三兩下就甩開了。

我就這樣隨便找了間廢屋進去。

連續兩天私闖民宅了。明明我也很想找間不錯的旅社好好放鬆一下。

「好啦，該怎麼處理這個女人呢？」

我粗魯地把失去意識的襲擊者丟到地上。

無論是聲音還是扛在肩上的觸感，都毫無疑問地顯示這人是個女人。

我探查周圍的氣息確認安全之後，在廢屋張開結界。

要是她恢復意識時拿著武器就危險了，所以我先扒光她的衣物並把雙手雙腳捆綁起來。

如我所料，她身上藏了許多危險物品。

「不是狂牛族也不是黑翼族，這點倒讓我意外。」

由於我把她扒得精光，種族的特徵一覽無遺。

一頭金髮加上豹族的耳朵及尾巴，是金豹族。

原本是不存在這城鎮的種族才對。實在讓人在意金豹族為何在尋找夏娃，不過這種小事用【恢復】一下子就能明白。

「身材真是煽情。似乎有品嚐的價值。」

儘管剎那、芙蕾雅和克蕾赫都是美少女，但終究只是少女。沒什麼和成熟女性交合的機會，這讓我莫名地有新鮮感。

稍微調查了一下，觸感和味道都截然不同。話雖如此，也不過是有著成熟女性這樣的稀有價值，與剎那她們那種超一流的女人相比自然遜色不少。

偶爾想換個口味時，試試這種或許也不錯。
總而言之，該輪到愉悅又快樂的【恢復】時間了。
雖然得發呆個幾十秒，但現在的狀況應該還算安全。
讓我徹頭徹尾地追查這個女人的記憶吧。
讓我在意的，果然還是明明已經用【改良】改變樣貌卻依然被識破喬裝這點，這深深地傷害了我的自尊。得找出原因才行。

◇

「呼，原來如此。這女人姑且算是站在夏娃這邊啊。」
【恢復】結束。
這個女人的真實身分，是反對現任魔王的組織成員。
儘管對魔族來說，魔王的命令是絕對的，不過充其量只是發布敕命，讓其他人言聽計從罷了。不僅得直接向對象下達命令，還有過了一定時間後就會自然解除的缺點。
理所當然的，只要有人對魔王抱持反感，自然會出現像這樣成立組織與魔王敵對的勢力。
這個女人的組織，是由飽受現任魔王虐待的種族們聚集在一起後建立的。
他們的目的是從被魔王凌虐的種族中培育下一任魔王，將現任魔王建立起來的權力構造歸零。

為此，他們會殺害備受現任魔王寵愛的種族中的魔王候補，並反過來保護遭受虐待的種族的魔王候補。

夏娃當然也是候補之一。

說不定就是因為有這些傢伙的組織，夏娃才能在第一輪的世界當上魔王。

真是群過分的傢伙。居然為了自己利用夏娃這樣的少女。像我這麼有良知的人絕對不能原諒這種事。

「話又說回來，沒想到我的變裝會被識破的原因是因為氣味。這主意人類可想不出來。」

這女人記住了我丟在旅社的行囊味道，然後再循著這股味道找到我。

算了，先別管這些。

來收拾這個女人吧。反正夏娃也不認識她，更何況她是打算擄走夏娃加以利用的邪惡組織成員。

況且，反魔王體制的組織感覺很麻煩不是嗎？我不想被這些傢伙的企圖牽扯進去。

一旦有這樣的組織，夏娃就會依賴他們。到時她就會不再感激我。夏娃能依賴的人只要有我就夠了。不需要這樣的組織。

另外我也發現了一件事。那間會端出擺滿美味鮮奶油戚風蛋糕的店之所以會被狂牛族襲擊，原因並不在我，他打算收拾的是這個女人。

換句話說，只要這傢伙不在，我就還能享受那塊蛋糕。這讓我的情緒變得更為焦躁。

「想到了一個不錯的主意。」

即使收拾掉這個傢伙，依舊會有第二、第三名刺客來保護夏娃。

既然如此，有效地利用這個女人才是上策。

「不過我要以什麼為理由復仇？這就是問題所在了。不，冷靜想想，我應該可以對這個女人復仇吧？其實這女人也對我做了滿莫名其妙的事。」

這個女人突然從背後拿小刀朝我的要害突刺過來，那就算遭受任何對待也沒辦法有任何怨言吧。

何況還有蛋糕的仇。嗯，我應該對她復仇。

這樣正好，我後來獲得各式各樣的魔物毒素，調合出了奇蹟般的新型媚藥，藥效太強沒辦法使用在人類身上，就拿她來實驗吧。

雖說魔族具有強韌的體魄，但不是成為我的人偶，就是變成廢人壞死，機率一半一半。

不過即使沒有變成廢人，她的人生也沒戲唱了。

「好啦，讓我來報復食物的仇，順便報復差點被人從背後用小刀刺殺的怨恨吧。」

我露出賊笑，從小袋子裡面取出了幾罐瓶子。

今天晚上還得讓剎那循著味道收拾那群狂牛族才行。就把握時間，快樂地來做這件無可挽回的事情吧。

褲子莫名地緊繃。噢，我知道了。還想說自己今天怎麼莫名有攻擊性，是因為我難得想要大幹一番，卻被夏娃拒絕還悶在這裡的緣故。是因為這股無處發洩的性欲打亂了我的思緒。

就爽快地發洩一下，恢復平常那個溫柔又冷靜的凱亞爾葛吧。

第八話 回復術士提供慰藉用材料

我在廢屋拿成為復仇對象的豹魔族稍微玩了一下。

罪狀是從背後瞄準我的要害拿小刀突刺過來，再加上另外一項。

如果只是襲擊我的話是有點太調皮了沒錯，但以她這種程度的本事也威脅不了我，要原諒她也無妨，畢竟我心胸寬大。

不過，那間會端出擺滿美味鮮奶油戚風蛋糕的店被砸爛了，而這件事就是因她而起。這就不能放過了。

就算我再怎麼溫和也是有限度的。

所以……稍微對她使壞了一下。

「壞得意外地快啊。」

新的媚藥似乎太過強力，從所有洞口滲出口水或是淫水的豹魔族一邊笑著一邊抽搐。

就算是我這樣也會軟屌啊。

一開始品嚐到成熟的女性是很爽，享受到一種猶如超脫世俗的快感，但我一時得意忘形給她注射了太多媚藥，導致她完全壞掉了。那個玩具已經不堪使用了。

拜此所賜只做了一次而已，這樣我根本無法滿足。

所以我決定要忍耐到晚上，對芙蕾雅和剎那發洩這股性欲。

偶爾品嚐成熟女性是不錯，但還是她們兩人最棒。說不定只要每天疼愛芙蕾雅和剎那，夏娃到時也會湧起興致主動說想參加。能這樣就太棒了。積極讓夏娃觀賞我們的活春宮吧。

「媚藥的實驗失敗了。我還想說既然對象是魔族，藥效強一點也沒關係。」

這媚藥照這樣下去是沒辦法用了。

或許別當成媚藥，而是著眼在其他用途會比較好。

在以不殺人的前提下就能使對方失去戰力這點非常優秀。藥效再強一點就會變成很有意思的藥物。

問題是現在該怎麼收拾這個壞掉的豹魔族。

原本的預定是將她改造成受我操控的人偶，把假情報散播給他們組織……但現在再把這種東西送回去，對方也只會一頭霧水。

「先把她治好吧。」

使用【恢復】，讓她的身體恢復原狀。

把腦袋受到的嚴重損傷修復。

只是這樣問題依舊存在。

強烈的快樂記憶依舊殘留著，也無法讓壞掉的心智一併恢復正常。就算身體治好了，往後應該很難作為一個人活下去。

藥品很恐怖。不行，絕對別碰。

「啊嗚，啊啊啊……」

看樣子她似乎沒辦法正常說話。

「以【真名】……●●●對妳下令。當自己所屬的組織展開搜索魔王候補——夏娃．莉絲的行動時，妳要盡可能地妨礙組織，不擇手段。另外，也禁止將我的情報洩漏給他人。」

做事仔細的我有先把【真名】問了出來，這樣命令起來就輕鬆了。

【真名】麻煩的地方，在於就算以【恢復】窺探記憶取得也絲毫沒有任何意義。必須由本人親口說出才行。

下的媚藥量不多時她相當愛說話，幸好我有趁那時先問出來。

……仔細想想，媚藥的問題不在強度而是量。

「啊嗚。」

豹魔族屢屢使勁點頭。

不知道壞掉的她到底能做到什麼，但至少會願意採取某些行動。

再來就只能聽天由命了。

有用【真名】的權限來禁止她洩漏我的名字，這樣無論出了什麼差錯也不會引火上身。

我想得還真是周到。

豹魔族離開了廢屋。

這樣事情就告一段落了。

只要運氣好，她也能過著和正常人一樣的生活。做了好事之後心情真好。

「好啦，回去吧。」

我對女人寬裕，對男人則是不留情面。

該讓襲擊夏娃的狂牛族見識到所謂的地獄了。

◇

用【改良】再一次改變外貌後離開了廢屋。

畢竟我扛著豹魔族逃跑時，被那群狂牛族清清楚楚地看到了我的臉。

拜他們所賜，害我浪費了無謂的魔力。我在心中再次替他們記上了一筆復仇點數。

復仇點數累積越多，我就越不會讓復仇的對象簡單死去。順帶一提，復仇點數排行榜的歷代榜首是芙列雅公主，如今她已經打從心底決定要一生侍奉我，成為了在戰鬥時也能派上用場的方便性奴隸。

我往商店街林立的地區走去。

狂牛族操控的魔物已被我牢牢做了記號，我是有發動夜襲的打算，只是在那之前閒得發慌。所以想趁現在先把要住在廢屋所需的毛毯類和食料採買完畢。

「該讓那些傢伙見識到怎麼樣的地獄呢？只是給予痛苦的話就太沒意思了。」

每次都得為復仇的方針絞盡腦汁。

對方是男的，無法拿來爽一下。

再加上基於我個人的美學，禁止對復仇對象的家人還有朋友出手。那樣做就只不過是邪魔歪道，一點也不美。

說起來，如果沒有傷害我或我的所有物，甚至是從我身上奪走些什麼，我就不會動手。

「想到了一個好點子。食物的怨恨就用食物來報復吧。」

為此，我得調合必要的恢復藥。

正好有不錯的魔物毒素。

這下一定能上演一齣愉悅的復仇好戲。

◇

購物完畢後，我扛著大包小包的行李先回到了祕密基地。

結界沒有一絲紛亂，看來沒有人入侵。

在踏進家門前，我先把模樣【改良】為凱亞爾葛。

我還是最習慣這模樣。

看到我回來後，芙蕾雅和剎那立刻衝了過來。

「歡迎回來。凱亞爾葛大人不在的期間沒有發生任何問題。」

「凱亞爾葛大人，提了這麼多行李，好辛苦。剎那來拿。」

她們倆就像黏人的小狗一樣聽話。

另一個人則是抱著膝蓋縮在房間角落。看來還需要花些時間和她打好關係。

「好溫暖的毛毯！凱亞爾葛大人，謝謝你買回來。」

「還有衣服！這樣就能換洗了呢。」

除了食料與毛毯以外，我還準備了各式各樣的生活必需品。

畢竟我們把大部分的行囊都放在旅社那了。

今天有去原來租的那間房間看過，但行囊已經消失。

想必是對方是為了尋找夏娃才奪走作為線索。

旅行的必需品、放不進手提袋裡的恢復藥類與食材。

失去了各式各樣的東西。

真是太過分了……絕對不能饒恕。我又追加兩點復仇點數。

「剎那、芙蕾雅。我找到昨天襲擊我們的那群傢伙的同夥了。之前曾對剎那提過那把附有氣味的投擲小刀，我用它刺中了那些傢伙使喚的魔物。剎那應該可以循著氣味追蹤吧。」

「嗯。雖然從這裡實在不太可能，但只要繞著城鎮走一圈，大概就能找到。」

「真可靠。今晚就發動夜襲吧。」

「了解。對凱亞爾葛大人找碴的罪，要讓他們以命償還。」

剎那氣呼呼地說道。

真是可愛的傢伙。要捨棄剎那的話，就等到最後的最後一刻吧。畢竟我已經對剎那放有很重的感情。

我望向芙蕾雅，她已經用魔術創造水裝滿了桶子。

是要準備洗衣服吧。

「凱亞爾葛大人、剎那還有夏娃。請換穿凱亞爾葛大人幫忙買回來的新衣服。現在大家身上的衣服都髒了不少，我先清洗一下拿去曬乾。」

洗衣是芙蕾雅的工作。交給能使用魔術創造出水的她非常稱職。

前公主在洗衣的這個光景非常奇特，令人愉悅。

芙蕾雅和剎那毫不猶豫就脫下衣服露出內衣褲。然後看著眼前剛買來堆積如山的衣服，開始挑選要穿哪套。

這光景真棒。

「為為為……為什麼可以毫不猶豫就脫衣服啊？是在男人面前耶！」

直到剛才都保持沉默的夏娃發出驚叫。

「剎那是凱亞爾葛大人的所有物。」

「我雖然有點害羞，但如果能讓凱亞爾葛大人燃起性致……倒也讓人開心呢。」

剎那、芙蕾雅都不會介意讓我看到她們的肌膚。

芙蕾雅甚至趁這個機會來色誘我。

今天累積了一些性欲，就來好好疼愛她吧。

「剎那、芙蕾雅。我正好想做了。既然妳們都脫了衣服，那就來打一炮吧。反正我也把毛毯買回來了。」

在地板上做很痛。

現在有了毛毯，就舒適了不少。

「嗯。今天晚上要夜襲沒辦法做。剎那贊成趁現在來做。請盡情疼愛剎那。」

「我也因為今天早上睡過頭沒有做……所以現在有點難耐。」

她們倆用水汪汪的眼神看著我靠了過來。

看到我們這樣的舉動，夏娃滿臉通紅。

「對了，夏娃。」

「素……素低！」

夏娃紅著臉發出了奇怪的叫聲。

看樣子她非常緊張。

「我們現在要開始肌膚相親。妳就趁現在到隔壁房間換衣服吧。麻煩順便把妳穿的衣服以好洗的方式整理起來。我買了不少衣服，可以選妳喜歡的去穿。」

由於夏娃對早上那件事非常生氣，無可奈何之下只好把張開結界的房間增加為兩間。

明明我是在體諒她，一瞬間呈現傻眼表情的夏娃卻歪了歪頭，然後鼓起了臉頰。

「為……為什麼現在……要說那種話？」

「明明是夏娃對住同一間房間有怨言我才擴充結界的，沒想到還會再進一步刁難我啊……還是說，妳該不會是在期待我邀妳一起參與吧？」

我這樣說完，她紅通通的臉就變得更紅了。

看來是說中了。被我嘲諷之後她頓時淚眼汪汪。

「不管你了！」

她隨便挑了一件衣服拿在手上，離開了房間。

這少女真是有捉弄的價值啊。

我笑著目送夏娃離開。

既然只剩下我們三個，就快點開始吧。

因為夏娃似乎也興致勃勃呢。

我透過【看破】，已經看穿夏娃就在隔壁房間的牆上貼著耳朵偷聽。

照這樣看來，夏娃主動說想要加入的日子似乎也不遠了。

現在需要一個契機。能讓夏娃迷上我的戲劇性插曲。只要有這個契機，對性事興趣盎然的夏娃，就會因為愛戀之心而有藉口央求我疼愛她。

儘管這麼稱心如意的事情不太有機會發生，有必要的話就主動去引發吧。

「凱亞爾葛大人，還沒好嗎？」

「居然放著我們不管，好過分。」

剎那和芙蕾雅似乎已經迫不及待了。

沒辦法，就好好地疼愛她們倆吧。

總之就盡可能努力吧。為了增進把耳朵貼在牆壁自我慰藉的夏娃的性致，得讓芙蕾雅和剎那叫得比平常更激情。我怎麼這麼溫柔呢。夏娃肯定也會覺得開心吧。

◇

度過一段十分愉悅的時光並用完晚餐之後，我們移動到已完全被黑夜壟罩的鎮上。

當我們完事後，夏娃紅著一張臉回到房間，但身上充滿色情的香味。

本人似乎認為沒有穿幫，實在滑稽。今後也提供夏娃能一個人享樂的材料吧。不出多久，她就會想要真正的我。

這次我帶了剎那一起來。

芙蕾雅和夏娃負責看家。畢竟不能把夏娃帶到敵人面前，也不能讓她孤身一人。
「凱亞爾葛大人，發現味道了。可以從這開始追蹤。」
「好孩子。明天就買點心給妳當獎勵吧。」
「剎那會期待的。」
在剎那的帶領下，我們開始尋找狂牛族的藏身之處。
那些傢伙在城鎮外面的森林裡準備了帳篷。
而鐵頭母牛正沉睡在帳篷旁邊。
「到了。」
「那就馬上開始吧。」
沒有人負責守夜。
要襲擊簡直輕而易舉。
對了，來做一件有趣的事吧。
我靠近沉睡中的鐵頭母牛。雖然冠以鐵頭之名，但是牠的脖頸卻沒有那麼堅硬。
我把針頭朝脖子刺了進去，注入藥液。
這是讓豹魔族壞掉的媚藥原液。
好啦，會引發什麼樣的反應呢？
「咕啊啊啊啊啊啊啊啊啊啊啊啊啊啊！」

鐵頭母牛突然站起來並發出咆哮。

接著匆忙地晃動鼻子。

那樣子彷彿是在尋找著什麼。

然後，牠開始注視帳篷。

「……原本想說只是開開玩笑，沒想到真的會變成這樣啊。」

鐵頭母牛朝向帳篷猛衝過去。

帳篷瞬間被撞得粉碎，鐵頭母牛煩躁地甩開帳篷的殘骸，嘴裡還叼著一名狂牛族男性。

接著牠居然把那名男性摔到地面，用前腳將他的雙手雙腳壓斷，再直接以身體壓了下去。

狂牛族男性腰椎碎裂，發出的慘叫響徹整座森林。

「凱亞爾葛大人，為什麼會這樣？」

「我試著把媚藥注射到血管裡。因為鐵頭母牛是種只存在著雌性的魔物……牠燃起性致後就會去尋找同為牛型的雄性，結果就如妳所見。」

真是一場有意思的表演。

比起人類，牠似乎更喜歡魔族。鐵頭母牛完全無視我的存在，接連襲擊狂牛族的男性。

最棒的歡樂景象就呈現在我的眼前。

不過也差不多膩了。是時候該上主菜了。

區區這種程度，我是不可能原諒那些傢伙的。

第九話 回復術士教導食物的重要

狂牛族的男性遭到鐵頭母牛襲擊。

而且是性方面的單方面強姦。

然而遺憾的是尺寸什麼的實在相去甚遠，引發了男性被壓死的悲劇。

我和剎那一起躲在樹叢後看著這一切發生。

真是最棒的歡樂表演，想不笑都很困難。

造成這個慘劇的元凶是我。

把媚藥注射在鐵頭母牛體內後，結果讓牠變成只要是公牛就好，襲擊牛類魔族。魔族具有控制魔物的力量，但是這種支配效果無法適用在完全喪失自我的鐵頭母牛身上。

「看來那種媚藥對魔物也有效果啊。」

就連巨大的鐵頭母牛也會發狂到這種地步，真讓我驚訝。原來如此，可以理解為何豹魔族會輕易就壞掉了。

這種媚藥還是小心點使用吧。要是沒打算把對方搞壞還是別用為上。

真可惜。原本還想要下次用在【劍聖】克蕾赫身上，享受各種玩法的，如果用了這玩意兒肯定會變成廢人。那東西不僅有利用價值，也具有女性的魅力。要是不小心玩壞實在可惜。我很中意她呢。

鐵頭母牛推倒狂牛族男性使勁地擺動腰部。然而那個舉動也逐漸緩慢下來，最後翻了白眼喪失意識。

看來是藥效作用過頭。

直到剛才為止都在逃竄的狂牛族倖存男性拿起武器，打算解決鐵頭母牛。

怎麼能對重要的寵物做這種殘忍的事呢？寵物是家人。居然要對家人出手，那些傢伙難道沒血沒淚嗎？

「剎那，趁那些傢伙一心想解決鐵頭母牛的時候發動奇襲吧。妳從左邊進攻，要毫不猶豫地殺了他們。」

「了解，剎那會迅速收拾掉。」

無傷的狂牛族只有四人。剩下的不是被鐵頭母牛殺死就是呈現瀕死狀態。

四個人的其中兩人就讓剎那殺掉。留下兩個人當情報來源就夠了，要拿來當我復仇的玩具也沒有問題。

要不殺死對方使其無力化比直接殺死還來得困難，況且考慮到風險就不能交給剎那處理。畢竟不能讓重要的剎那曝露在危險之中。

正因如此，要由我親自下手。

發生了這樣的騷動應該不太可能還有伏兵。現在眼前的這些就是所有敵人了吧。

剎那把冰爪纏繞在手上進入戰鬥模式。我們望向彼此，點頭後飛奔而出。

我用【恢復】取得了超一流暗殺者的技術，活用這點就能夠無聲無息地奔跑，剎那則是靠著冰狼族特有的柔軟肌肉而能辦到同樣的事。她是天生的狩獵者。非常適合這種奇襲。

我們從死角無聲無息地靠近，被鐵頭母牛吸引目光的狂牛族根本沒注意到我們。

剎那率先靠近男人的背後，用兩手發動攻擊。左右兩邊分別瞄準了不同的狂牛族男性。

她的冰爪就如同超一流鍛造師打造的刀刃般銳利。對方的頸動脈被割斷，頓時血流如注。連慘叫的機會都沒有，兩名狂牛族隨即倒下。

真是俐落。以一擊必殺來說沒有比這更有效率的方法了吧。讓人想要為她拍手叫好。

我也不能輸給她。

「血，有血啊啊啊啊啊！」

「妳這傢伙，是誰！」

注意到鮮血噴泉的倖存者望向剎那。

渾身都是破綻。

我的手上拿了塊布。這上面已經浸滿了速效性的安眠藥。是只要略有差池，就會讓對方無法再次醒來的強力藥效，不過就算失敗也沒關係。雖然沒辦法拿他們來玩有點可惜，但也就僅此而已。

講得貪心一點，其實我是打算提前實驗看看的，畢竟我不可能自己測試這麼危險的物品，要拿可愛的剎那和方便的芙蕾雅來測試更不在考慮範圍。

要進行人體實驗，當然是要用在這種死不足惜的下三濫身上。

我從背後靠近警戒著剎那的狂牛族，用布摀住他的嘴後，他便全身痙攣喪失了意識。靠著這種訣竅讓另外一人也喪失戰力。

「嗯，這藥不錯。活捉起來變得輕鬆許多。」

心臟姑且還在跳動，所以還沒死。

再來的問題就是有沒有對腦部造成嚴重損傷。

「剎那，辛苦了。妳的本領又更上層樓了。」

「多虧等級上升，身體輕多了。而且，在教芙蕾雅時，剎那也重新鞏固了基礎動作。」

「因為剎那有認真在教導嘛。如果沒有發自內心去教沒辦法有這樣的效果。很了不起喔，剎那。」

「嗯。」

我靠近剎那摸了摸她的頭。

一這樣做，剎那臉上頓時染上一抹紅暈並點了點頭。

我離開她身邊後，迅速地收拾遭到鐵頭母牛襲擊，已經奄奄一息的傢伙。

「好啦，就趕緊來套出情報吧。得搞清楚在這個鎮上是不是只有這些人盯上夏娃。如果只有這些傢伙，就可大搖大擺地換間旅社過普通的生活。」

在廢屋生活其實頗不方便。

儘管買了毛毯，但果然還是想躺在軟綿綿的床鋪上舒服地做愛。

「剎那，也要幫忙拷問。」

「幫了大忙啊。要是有外出中的同夥說不定也要回來了，總之先換個地方吧。剎那，要是這些傢伙的同族接近，妳可以靠氣味察覺嗎？」

「狂牛族的氣味很獨特。現在幾乎沒有風，所以就算距離有點遠也能發現。現在至少方圓幾百公尺內都沒有他們的蹤跡，一旦靠近剎那也能察覺。」

真可靠。像這種卓越的嗅覺就算靠【模仿】也無法學來。

要拉攏為同伴的話果然還是要找亞人或魔族啊。說不定身為黑翼族的夏娃也有人類辦不到的絕技，向她打聽一下好了。

那麼，就快點來拷問吧。

剛才瞄了一眼，狂牛族似乎就快恢復意識了。只是差一點就沒辦法再醒來。要是濃度再高一點就會錯下殺手了。

把這次使用的安眠藥濃度再調淡一點吧。就連健壯到莫名其妙的狂牛族都成了這副德性。要是用在人類身上立刻就會成為廢人。人體實驗果然重要。

今後這種基於興趣而製作的奇怪藥劑，就積極地用在這種死不足惜的敗類身上收集資料吧。這是兼顧興趣與實際利益的愉悅遊戲。

◇

我們移動到森林深處。

那麼，該開始愉悅又歡樂的復仇時間了。

先統整一下他們的罪狀吧。對著夏娃用儀式魔術發射火焰魔術。我當然也在效果範圍內，不僅如此，可愛的剎那以及方便的芙蕾雅也在會被牽扯進來的位置。

雖說目的並不是殺我，但就結果而言還是對我們造成莫大的損失。

再來，毀壞了幫我們烹煮美味熊鍋的店家。熊鍋本身固然美味，但這家店的餐點也是高水準，這個城鎮的特產酒也著實讓我感動。明明我都決定要每天去吃了，卻因為這些傢伙害我只去一次店就被砸了。

在菜單上寫滿了至今從未見過的美食，我到現在都還會夢到。這一切都要怪這些傢伙害我吃不到第二次。

簡而言之，這群傢伙是死不足惜的大壞蛋。

「凱亞爾葛大人，這樣就可以了嗎？」

「嗯，謝謝妳。」

剎那幫忙把地面挖出了一個大洞。

冰魔術很方便。剎那靈巧地用冰製出鏟子，全力發揮她那驚人的體能，一口氣幫忙挖出了深達五公尺的大洞。

我把狂牛族的男性丟入洞裡。反正他們很健壯，應該死不了。

為了以防他們逃走，先把雙腳的阿基里斯腱切斷，手臂也打得粉碎。這樣就算是具有高度自我治癒力的狂牛族，要自然痊癒也近乎絕望。

更何況我還用鍊金魔術加固洞穴內部，把穴壁變得滑溜到手指無法勾在上面。

「好啦，差不多該醒來了吧？」

溫柔的我對他們使用了【恢復】。這樣可以適度地中和安眠藥，根據計算再三十秒應該就起來了。

好，醒來了。

「這裡是哪裡？」

「我們被襲擊……好痛啊啊啊啊啊！」

「這是怎麼回事？腳……還有手也唔喔喔喔喔喔！」

恢復意識的他們感受到雙手雙腳的痛楚，開始苦悶地呻吟。

我等他們稍微冷靜一點後再望向洞穴。儘管身處這種狀況，依然能在短時間冷靜下來，再怎樣好歹也是收到魔王的命令襲擊夏娃的傢伙，真不簡單。

「晚安，狂牛族的各位。」

「你這傢伙……是救了那女人的……」

「沒錯，我是保護柔弱少女的正義騎士凱亞爾葛。」

他們認得我的長相。

就如同我所推測的，除了那群襲擊者以外還有人負責監視。

「別開玩笑了！什麼正義的騎士！你腦袋有洞嗎？」

「真失禮耶。我可是再正常不過了。以正常這方面來說，我甚至可以說是人類頂尖水準。好啦，你們了解自己現在的狀況嗎？我勸你們還是認清這點後再發言才是明智之舉。」

男人一同沉默。

然後，得到了一個結論。

讓鐵頭母牛發狂的犯人就在眼前，除了自己以外的同伴都已經被殺了。

再來，自己也被弄殘了雙手雙腳，位於無法逃脫的場所。

簡而言之，他們的命掌握在我的手裡。

「你叫凱亞爾葛是吧。留我們活口想必是有什麼理由嘍？」

真聰明。似乎很清楚自己的立場啊。

「我有事想問你們。在這個鎮上覬覦夏娃性命的只有你們的小隊嗎？」

「只要回答你，就願意讓我們離開這裡嗎？」

「嗯，我向你保證。我是不會說謊的。」

畢竟謙虛又誠實是我的座右銘，我盡可能地不打算說謊。儘管為了保護自己或者讓可愛的女孩子高興時會撒點小謊，不過這不能相提並論。

「……在這個鎮上覬覦魔王候補性命的只有我們。如果你放我們離開這裡，我發誓絕對不會再對魔王候補和你們出手。」

復仇點數又加算上去了。真遺憾，由於點數達到一定數值，殺害方法的殘忍度再提高一個等級。

這傢伙說謊。

這樣也只能讓他墜入地獄了。拷問什麼的只是基於興趣才做，其實我早已用【恢復】從他們的記憶獲得情報了。

除了那些傢伙以外，還有魔王在背後撐腰的夜犬族惡棍，負責從後方支援狂牛族。

明明知道這點，他卻不肯說出口。

「好奇怪啊，你們的伙伴已經坦承有夜犬族擔任諜報員了呢……明明只要說實話就能得救了啊。該怎麼說呢，這就是自作自受。你們就死在那裡吧。」

我發出嘲笑。

狂牛族的臉上充滿了絕望。

人還真是不可思議呢，比起蠻不講理的死亡，因自己的行動招致的死亡會更加令人絕望。

我就是為此才故意演了一齣戲。

不過說實在的，無論他們說不說真話我都打算下殺手……你們就在後悔中死去吧。

「我……我們只是最底層的，不知道這種事。是真的。並沒有惡意。」

真難看啊。

這也是謊言。這傢伙是副隊長，知曉所有情報。居然以為我會被這種謊話唬弄過去，真令人火大。

「好吧，我相信你。不過，還是必須給你懲罰。」

我命令剎那降下大量冰雨。從這個高度落下的冰塊想來非常疼痛，從洞穴中傳來了哀號。

過了一會兒後，洞穴堆滿了冰塊。

由於我用鍊金魔術把洞穴裡變得滑溜滑溜的，親切地設計為只要冰塊融化就恰好會在洞穴裡積滿水。

「好啦，這是打算欺騙我的懲罰。我會放你們離開洞穴，但那是兩週後的事。希望你們到時還有一條命在呢。我已經幫忙準備好充足的水源，應該有辦法吧。」

語畢，我轉身背對那些傢伙。

「等……等等。就算有水，但沒有食物的話要怎麼……」

「你們襲擊了會端出美味料理的酒館，有必要讓你們理解食物的可貴。就在那好好學習吧。」

這個懲罰，是為了讓這些傢伙感受到食物的可貴而實行的。

只要他們能深刻地理解食物的可貴之處，就不會在能端出那麼美味佳餚的酒館下手，而是會好好我們等到離開店後再來襲擊。

某種意義上，這些傢伙也很可悲。所以，我得讓他們好好理解食物有多麼難能可貴。做了好事之後心情真好。

「不要，這樣絕對會餓死啊！」

聽見了哀號聲。

嗯，這話真是莫名其妙啊。我不是有準備好食料嗎？還是很棒的牛肉呢。

「只要你們之中有一人成為食料，應該能撐過兩週吧。總之好好加油吧……剎那，我們走。嗯——舒坦多了。報了食物的仇啊。」

「嗯。今天累壞了。」

聽見從遠處傳來了爭執的聲音。

在和我的交涉中始終保持沉默的那一方似乎相當憤慨，大叫著會變成這樣都是你的錯，應該要你來犧牲。

嗚哇，還真的打算吃啊？真噁心。其實就算能撐過兩週我也沒打算放人，真是白費工夫。

我露出賊笑，離開了森林。這個復仇（遊戲）果然令人感到愉悅。

第十話 回復術士找到新的朋友

收拾掉有魔王作為後盾的狂牛族後，神清氣爽地回到了鎮上。

做了好事之後心情真好。這樣一來夏娃就暫時不會受到襲擊了。

當然，我也襲擊了協助狂牛族的夜犬族將他們徹底擊潰。透過用【恢復】得到的情報，已經確認他們與上一次的襲擊有關，所以擊潰他們也不成問題。

由於那些傢伙負責諜報方面，基於這個性質不會聚集在單一場所，所以沒辦法一網打盡。不過貫徹諜報本分的傢伙並不會直接攻擊過來，所以我知道放著不管也不會有大礙。

想必他們應該會安分一陣子，也會趁這段期間呼叫替代狂牛族的執行部隊吧。

而這正是我的目的。

無論是狂牛族還是夜犬族，都只是定期接收命令幹些骯髒的工作，手上並沒有任何必要情報，能在我們主動襲擊時魔王派上用場。

既然遭到能全滅狂牛族的危險對手襲擊，夜犬族應該會呼叫符合目前狀況的強力部隊。越強的傢伙想必會掌握更好的情報。只要擊潰他們，取得和魔王相關情報的機率就很高。

「凱亞爾葛大人，好像很開心。」

「有種像是把卡在喉嚨的魚刺取出來的那種感覺。一想到在這個鎮上潛伏著盯上自己的傢伙果然令人身心交瘁。況且這樣一來就能住宿了。真期待明天到來。」

反正排除了當前的威脅，夜犬族要呼叫增援前來也必須花上一段時間，考慮到這點，現在可以光明正大地住在旅社了。

比起廢屋，還是旅社睡起來舒服。

何況也能享用到更好的餐點。

如果有像被破壞的那間酒館一樣美味的飯菜就太棒了。

邊想著這種事，我們邊匆匆踏上歸程。

◇

「嗚哇，軟綿綿的床鋪。比起毛毯果然還是床鋪好呢。」

芙蕾雅朝床上飛奔而去。

明明躲藏在廢屋的期間只有兩天，看來她已相當思念床鋪了。

「幸好找到一間不錯的旅社。」

「對，這條被單散發著太陽的味道。」

在廢屋過了一夜後，我們找到了旅社。

因為在商店購物時，有順便請店家告訴我們推薦的旅社。

「打掃得很徹底，被單也有趁好天氣拿出去曬乾。嗯，定價高果然還是值得。」

至少房間及格了。

再來，只要這裡附設的餐廳兼酒館的品質優良，那就無可挑剔了。

「凱亞爾葛大人，接下來該怎麼辦？」

「直到能去神鳥那裡把牠變成夏娃的寵物之前，先在這個城鎮待機吧。我打算在這段期間邊收集情報邊賺點旅費。畢竟行囊全部被奪走，害得我們多了不少預定外的開銷呢。」

為了旅行而備妥的外套、帳篷以及乾糧和其他零零總總的物品，只要是放在房裡的東西都被搶走了。

我的原則是旅行所需的物品就絕不吝嗇，要準備好最棒的物品，所以這打擊非常沉重。

雖然打算在這個鎮上重新買齊，但也需要補充相對的資金。

「今天先買旅行用的道具和法杖。芙蕾雅的法杖感覺真的要撐不住了。」

「就是說啊！現在這把法杖真的都快要不堪使用了，我一直很想要一把新的法杖。」

在來到這個城鎮前，芙蕾雅的法杖就已到極限。

前幾天為了擊退襲擊者使用了魔術，這下耗損得更加嚴重。

必須儘快買一把新的才行。

我們把行囊放在旅社，將貴重品放在小袋子，做好了萬全的出門準備。

「那個，凱亞爾葛。」

「怎麼了，夏娃？」

夏娃戰戰兢兢地向我搭話。

「果然還是只能借到一間房間嗎？」

「反正有兩張床，而且以這房間的大小應該能舒服地過活吧？」

「……不打算再另外借一間房間嗎？那個，凱亞爾葛你們，就算我在也會毫不在意地做那種事，這樣我會很尷尬。」

這個悶騷的傢伙，我今天早上開始與剎那辦例行公事時，這傢伙也跑到隔壁的房間把耳朵貼在牆上自我安慰。

雖說會覺得尷尬並非是謊言，但更重要的是大家同處一室她就沒辦法自我安慰，為此感到困擾的比重還比較大。

「並沒有。夏娃，現在只是暫時把眼前所見的敵人打倒而已，還會陸續出現襲擊者。在同一間房間比較好保護妳。」

「是這樣講沒錯……」

「何況租兩間房會浪費錢。扶持夏娃食衣住的人可是我。妳的意思是不需要付出任何代價，就要我為妳花費多餘的金錢嗎？」

「嗚，這樣講我就沒辦法反駁了。」

夏娃幾乎是身無分文。她生活上所需的開銷都是由我來負擔。
她其實還挺有良知，這種警告方式頗具效果。
「如果妳願意用身體來支付那倒是可以考慮。今晚立刻就來做吧？」
「那樣不是本末倒置了嗎！」
嘖，注意到了啊。還想說她腦袋好像不太靈光，可以順水推舟的說。
「算了！我就忍耐和你們待在同一間房裡！不過，應該可以稍微體諒我一下吧？在你們做那檔事的時候至少要允許我外出嘛。」
「……妳想死嗎？被人盯上性命的少女要單獨在晚上外出？晚上才更應該和我們在一起吧？」
這女人真不知死活。
都已經遭遇排場那麼大的襲擊，居然還能有這種想法，實在驚人。
「嗚……那麼，你就稍微忍耐一下嘛。」
「為什麼我必須為了夏娃忍耐不可？況且……要是減少次數的話，剎那和芙蕾雅不就很可憐嗎？」
「嗯。現在也算少了。剎那希望凱亞爾葛大人能再多疼愛幾次。」
「被凱亞爾葛大人擁抱的時候是最幸福的。」
她們倆面紅耳赤地分別抱緊我的右手和左手。

「就是這樣。少數服從多數，對夏娃很抱歉，但就麻煩妳忍耐了。不要緊，過陣子就會習慣了。到時妳就會把剎那和芙蕾雅的喘息聽成搖籃曲。」

「怎麼可能啦！」

夏娃的吐嘈依舊是如此到位。

真希望總有一天夏娃也能加進來一起玩啊。那一天想必不會太遠吧。

好啦，已充分戲弄了夏娃，該出門購物了。

◇

我們為了尋找旅行用的道具和法杖來到商店。

可以感受到從遠處監視著我們的視線。

八成是夜犬族的倖存者吧。

會不會襲擊過來呢？與其在酒館被襲擊，在這裡被襲擊還比較好。

「那個帳篷好像很棒。」

「噢，不錯耶。真不愧是人類和魔族和平共存的城鎮。」

剎那所指的是折疊式的帳篷。

然而，素材卻使用了魔獸的皮和骨頭。

雖然和以往使用的帳篷相較之下布料更為輕薄，然而強度上升了一個層次，不容易髒汙又防水。帳篷的骨架就如同字面所述使用了真正的骨頭，這也做到了輕量化，強度也出類拔萃。簡直堪稱夢幻般的素材。

製作帳篷的技術並非來自魔族而是出於人類之手。可說是融合了魔族對魔物素材的知識以及人類所培養的技術。

看到這樣的東西，甚至會讓人覺得人類與魔族和平共存是件很美好的事。

價錢平易近人這點也讓我十分讚賞。

我二話不說就買下了。這是即使沒有失去行囊也會讓我打算購買的好貨。

「凱亞爾葛大人，我找到一把不錯的法杖。用起來非常順手。」

從通路的另一頭傳來芙蕾雅的聲音。

那是魔族開的商店，裡面陳列了武器、防具以及藥品等等物品。

「是以血染樹的樹枝再裝飾上魔物的羽毛製成的法杖啊。而且還是我勉強能支付的價格。在其他鎮上可沒辦法用這個價錢買到……品質也沒有問題。不錯喔，這可是千載難逢的商品。就買下吧。」

「太好了！我是第一次聽到血染樹。那是很厲害的樹嗎？」

「是以血為養分培育的樹。大概是充分地吸收魔物的血而成長的。血染樹會根據吸到的血改變成長方式。這玩意兒八成是魔族為了培育出最適合法杖的素材，精挑細選出優質的血液後大量灌溉栽培成長的。」

否則做不出這樣的東西。想到背後所花費的工夫，實在是物超所值。

畢竟在人類的生活圈看不到那種樹，還得栽培成用來加工法杖，只有能自由自在控制魔物的魔族才有辦法做到。

「小哥，眼光不錯呢。你說得沒錯！這把法杖是讓血染樹定期吸收夏庫亞鳥的血液而製成的法杖，而裝飾在法杖上的那根羽毛也是出自這種魔物。只要讓樹枝吸收夏庫亞鳥的血液，就能製成堅固又容易提煉魔力的上乘法杖。這可是其他地方幾乎看不到的珍品喔。」

的確，這種水準的法杖可說是千載難逢。

雖說會把治療怪病所賺的錢幾乎花光，但絕對不能錯過。

「好，我買下了。」

「多謝惠顧！」

我交出了幾枚金幣購入法杖。

「凱亞爾葛大人，謝謝您。我會好好珍惜凱亞爾葛大人送的禮物。」

芙蕾雅喜出望外地緊緊抱著法杖。

「就那麼做吧。芙蕾雅，妳可以稍微注入一些魔力在法杖上嗎？」

「是！」

芙蕾雅全力灌注魔力。

即使芙蕾雅用全力灌注魔力，法杖也沒有發出嘎吱嘎吱聲，也不像要壞掉。一般的法杖可沒辦法這樣啊。

魔族商人看到芙蕾雅那超乎規格的魔力後瞪大了雙眼。芙蕾雅的魔力就是如此異常。

「接下來讓魔力循環。和施放魔術的要領相同。」

「我試試看。」

「嗯，果然有些不流暢呢。把法杖稍微借我一下，我來修正。」

「麻煩你了！」

我發現在魔力循環期間，有幾條魔力迴路存在抵抗。

抵抗現象不只會使威力減弱，還會對法杖本體造成損傷。

無論是要提高法杖的性能還是要讓法杖能長期使用，都必須去除掉抵抗現象。

我從芙蕾雅手中接過法杖。

像這種以具有魔力的樹木製成的法杖，本體就會自然形成魔術迴路。

為了讓魔術迴路通行無阻地流動，我用鍊金魔術進行調整，重新塑造成最合適的迴路。

好，抵抗現象已經消失了。

「芙蕾雅，再讓魔力循環一次。」

「是！好厲害！比剛才還順暢多了！這樣一來無論什麼魔術都能運用自如。」

「太好了。那我們去下一間店吧。」

鍊金術士的技能、知識還有鍊金魔術果然方便。

【模仿】吉歐拉爾王國最強的鍊金術士果然有價值，在各種場合都能派上用場。

既然買到法杖了，那就邊把剩下的旅行用道具買齊，邊想想該怎麼賺旅費吧。

繼續這樣下去，在現在的旅社再待個一週就會坐吃山空。

「等等！小哥，你等一下。那把法杖，能不能也讓我瞧瞧？」

「可以啊。」

商人叫住我們，我叫芙蕾雅將法杖交給他。

「哦，這還真是不得了。居然還真的弄成了特級品。小哥，沒想到你年紀輕輕就具有如此驚人的實力啊。」

「滿意了的話希望你能快還給我。」

「等等，我想和你談個生意。這裡還有兩把法杖。如果你願意把這兩把也調整成這樣，我就把三分之一的錢退還給你。」

稍微考慮了一下。

能拿回三分之一確實令人開心。

然後，按照他所說的話推斷，陳列在這裡的恐怕是次級品。

雖然都是從一棵樹採了無數根樹枝製成法杖，但會依據魔力的收斂性和循環性能來分出等級。在這裡的商品是由於循環性能低劣才被判斷為次級品。

難怪我覺得以使用的材料來說實在過於廉價。

而且，只要改善循環性能就可以作為特級品販賣，所以商人才對我做出這個提議。

「只有三分之一我可不能接受。要一半。只要你願意退還一半金額，我就把剩下兩把也調整好。」

「小哥，你這樣算是獅子大開口耶。」

「怎麼會呢，就算你把全額退還給我也能勉強賺回成本。即使是一半也是大賺，只退回三分之一根本是在敲竹槓啊。」

「……洞察得如此透徹啊。好吧，我就退一半給你。」

我收下兩把法杖迅速調整完畢後還給商人，商人也用心地確認法杖的狀態。真是謹慎行事的商人。這點讓我中意。

「這本領真是令人神往。小哥，你是什麼人？」

「只是個微不足道的旅人。」

「怎麼可能啊。」

商人一邊笑著，一邊將裝有金幣的袋子扔了過來。

是剛才支付的金額的一半。

「這順便送你吧。」

然後還將一把刀身細長的劍扔了過來。

拔出劍鞘後，祕銀製的美麗刀身便顯露了出來。

「我有點賺太多了。要是讓你就這樣回去有損我身為商人的名聲。小哥你插在腰間的那把都已經發出悲鳴了。我不會害你的，就用我給你的那把劍吧。」

「一開始明明還想敲詐我更多錢，說得真好聽啊。」

「敲詐愚蠢的外行是應該的，但如果讓通情達理的專家吃虧那就另當別論了。你就閉嘴收下它吧。」

「感謝你。」

至今使用的劍是從近衛騎士隊長那借來的，使用了好一段時間。

這把劍原本就已經飽經風霜，再加上我用的方式較不合理，讓金屬累積了疲勞，差不多也無法忽視這個問題了。

能得到一把新的劍非常有幫助。

在那之後，我和這名商人稍微閒聊了一下。

也同時談了幾筆買賣。

其中有些是像這把法杖一樣能互利互惠的案件。

我們聊得非常投機，還約好今晚要找地方商談順便去喝一杯。他似乎願意介紹我有不錯特產酒和美味料理的店家。

真是個意想不到的不錯邂逅。

更重要的是……我很中意這傢伙。他不僅脾氣好，又是個正直的商人。和他聊天實在開心。

正當我想著這樣的事時，鎮上起了騷動。

似乎是有什麼人來到了中央街道。

於是我前往那邊一探究竟。

抵達後，發現那裡有著數百名騎士整齊地組成隊列行進。然後在中央的是刻著王家徽章的馬車。

「公主妹妹……總算來了嗎？」

來到這個鎮上的，恐怕就是襲擊我村莊的幕後黑手。

是吉歐拉爾王國最冷酷無情又狡猾的毒婦。

在這個世上最讓我懼怕的策士。

她的名字，就是吉歐拉爾王國第二公主——諾倫・克菈塔莉莎・吉歐拉爾。

第十一話 回復術士發現目標

我引頸期盼的獵物總算來了。

公主妹妹……諾倫・克菈塔莉莎・吉歐拉爾率領著軍勢來到了這個鎮上。

我把用【模仿】儲存的技能【改良】出【氣息遮斷】和【魔力遮斷】設定到身上，移動到大約一公里外的位置。發現了高層的建築物後，以飛簷走壁的方式登上屋頂後趴在上面。

再發動【翡翠眼】強化視力，消除氣息的同時從遠方觀察對方的動靜。

如果是用【翡翠眼】，就算距離這麼遠也能看出每個人臉上的表情。

士兵的數量大約為一千。

比起這個，更令人驚訝的是……

「也強過頭了。這表示諾倫公主是來真的啊。」

明明是多達千人的大部隊，卻有許多人的等級高到難以置信。

不過當我看到刻在鎧甲上的徽章便完全理解了。那是享譽盛名的聖槍騎士團。是吉歐拉爾王國屈指可數的精銳騎士團。

只是為了要攻下一個城鎮，就動用聖槍騎士團離開吉歐拉爾王國，真是大膽的舉動。

要像面對以往那些雜碎一樣從正面突破可說是難如登天。

就算是我，在毫無對策的情況下挑戰聖槍騎士團肯定也是白白送死。

要對公主妹妹下手的話，得先想好對策。

「……乾脆從這裡狙擊吧。」

儘管公主妹妹沒有露臉，但是被騎士團緊緊守護，奔馳在前方的馬車上刻著王家的徽章。

公主妹妹有很高的機率就在那裡面。

組合複數技能，把正打算扔掉的舊劍用來砲擊的話，就可以進行遠距離射擊。

這股威力應該連馬車也能一起炸飛。

……不，還是算了。要是那麼做，這件事會被牽強附會為是魔族所為，只是讓他們有了毀滅這城鎮的契機。

更何況，這世界的諾倫雖然有嫌疑，但還沒做出會讓我怨恨的事。

在這種狀況下復仇違反了我的美學。

首先，他們像這樣光明正大地進入城鎮，代表至少在這個當下是被當作客人來招待，這個城鎮也接納了他們。

如果是諾倫公主，想必無論使用任何手段，都會製造一個能強迫攻打進來的藉口吧，但我沒有必要多此一舉幫他們。

突然間，心臟撲通地響起了令人討厭的巨響，聲音始終響個不停。

連汗都噴出來了。

在騎士裡面，有一個讓我難以置信的傢伙。

想不到她居然會在這種地方。我原本還想把她找出來復仇的。

不過，她會來這裡真的是出乎我意料。

我的眼前變得一片血紅。無法控制自己高漲的殺氣外漏。

此時注意到這股殺氣的一名騎士望向我。是個在騎士之中唯一沒有穿著鎧甲，而是身穿有型紅衣的一名壯年男子。

「真的假的？」

明明距離一公里遠，那名男子還能注意到外漏的殺氣，用瞳孔捕捉我的身影。

居然從那個距離注意到我外漏的殺氣？這個怪物。

我慌忙地從屋頂跳下。

「哈哈，居然連三英雄的【鷹眼】大人都蒞臨了啊？」

在吉歐拉爾王國，會賜予具有壓倒性實力的強者別名。

例如【劍聖】。例如【弓神】。然而，就算在被賜予別名的強者之中，也存在著層次完全不同的三名強者。那就是三英雄。而【鷹眼】正是其中一人。

三英雄具有【劍聖】克蕾赫．葛萊列特也望塵莫及的實力。

光是如此，就可以知道他們的存在有多麼不合理。

雖說克蕾赫之所以沒成為三英雄，有可能是過於年輕，經驗與武動都還遠遠不足，但要挑戰【鷹眼】，至少也要預設他有與克蕾赫同等以上的實力。

因為那傢伙的存在，使得襲擊公主妹妹的難度大幅上升。

「可惡，我怎麼這麼蠢！」

居然會在偵查時放出殺氣。

一般來說不可能被發現，只是【鷹眼】太異常了。

但是犯錯就是犯錯。

因為這次失誤，會讓【鷹眼】更加警惕吧。

「但我怎麼可能壓抑感情啊。畢竟那傢伙就在眼前。」

我之所以動搖，是因為在隊列中看到了【劍】之勇者。

乍看之下是穿著華麗鎧甲的俊俏青年。

然而骨子裡卻是極度厭惡男人的女人。

明明討厭男人，卻為了吸引女人而像那樣打扮成男人的模樣。

在第一輪的世界中，那女人被芙列雅迷得神魂顛倒。

而那個芙列雅最喜愛把我當成狗來耍，對我相當中意。那女人對此看不下去而開始嫉妒，持續對我施加過分的虐待。

拳打腳踢是理所當然……甚至還把我的男性尊嚴踐踏到無以復加的程度。

一看到那傢伙，我就渾身發抖。

是因為恐懼。被那傢伙烙印在身上的痛楚和屈辱至今仍舊束縛著我的心。

我明明都重獲新生了，都已經捨棄了正直、溫柔卻又懦弱的凱亞爾，變成比任何人都強的凱亞爾葛。儘管如此，現在卻依舊丟臉地膽怯著。我怎能原諒這種事。

不殺了那傢伙，我就無法往前邁進。

……無論使用什麼手段我都要殺了她。不，光是殺了她還不夠。必須要對她復仇，強烈到甚至能解開那傢伙的詛咒，否則我無法從那傢伙的束縛中解放。

「該怎麼把那個臭女同性戀打入地獄呢？」

就狂對那女人做她最厭惡的事吧。直到她懇求我殺了她為止。

為此，首先得想好復仇的理由才行。

這倒是意外地簡單。

【劍】之勇者布蕾德無論身處何種狀況，每次一到城鎮就會物色女性。只要讓我重要的女人給她品嚐就好。這樣一來就有了復仇的藉口。

布蕾德玩弄女人的方式有以下兩種。第一是偽裝成俊俏青年正常地搭訕。成功的話就帶回去，在床上第一次表明自己女性的身分，就算對方在這個階段抵抗也會被硬上。

再來，就是搭訕失敗的情況。這種狀況下如果對方是不太喜愛的類型就會放過，但萬一是那傢伙喜歡的類型就會強行擄走，帶到房間裡強姦。她是甚至會下藥的下三濫。那傢伙經常攜帶著危險藥品，一旦對方不願意，便會下藥強行扭曲對方的想法將人得到手。

無論對方是否有戀人還是小孩都不重要。那傢伙只因為自己想要，所以才要得到手。除此之外一概毫無興趣。

她是貨真價實的人渣。做出這種行徑後，也完全沒有考慮被蹂躪的一方有什麼樣的感受。除了自己以外的人也是有血有肉，她連這種理所當然的事都無法理解，所以才能對自己認定舒服的娛樂外一概無動於衷。

像這麼典型的神經病我也只看過她一個。

「要把剎那和夏娃當作誘餌來用嗎？」

芙蕾雅不能拿來當誘餌，畢竟那個臭女同性戀搞不好會識破她就是芙列雅公主。

原本，像這種危險的任務應該要交給弄壞也沒關係的芙蕾雅去做才對，但有公主身分曝光的風險。

所以只好用難以取代的剎那和夏娃。她們是頂尖的美少女。只要讓她們稍微去那臭女同性戀面前露個臉，那傢伙肯定會上鉤。

不過，雖說是為了復仇，得讓剎那和夏娃置身於危險之中，這樣好嗎？

我不希望剎那和夏娃受到傷害。這會讓我非常不悅。因為我已經對她們放了不小的感情。

該怎麼做……

就在我煩惱時，騎士團似乎抵達了位於這城鎮中央的領主宅邸。

至少今天是沒辦法引誘那個臭女同性戀出來了。就趁今天決定該怎麼做吧。

不過，只有這點我可以斷言。

既然像這樣看到那傢伙，就絕對不可能放她活命。僅此而已。

今天他們應該也不會有任何行動。

那麼再繼續待在這也沒有意義。

我扼殺這昏暗的心情，同時消失在黑暗之中。

轉換一下心情吧。首先得和剛才碰面的商人進行商談。

第十二話 回復術士度過幸福的一晚

由於已經和白天賣法杖的商人約好，結束偵查的我開始移動。

總算停止顫抖了。這樣一來就不會被認為是可疑分子。

雖說是聚餐也不能掉以輕心。還得順便商談該如何在這個城鎮賺取旅費。

把夏娃納為同伴後人數增加，旅費的開銷也變大。想先在這裡設法賺到足夠的金額。

這次我帶了芙蕾雅、剎那和夏娃三個女孩前來。

因為商人說如果有可愛的女孩就統統帶來，我也只好釋出善意。

順帶一提，我有讓夏娃簡單地喬裝了一下。除了戴上假髮，還畫了淡妝改變外表給人的印象。

而且為了隱藏她引以為傲的那對翅膀，還換穿了寬鬆的衣服。

將翅膀緊緊收縮後會變得出奇地小，看起來非常自然。覆蓋全身的長袍過於醒目，所以讓她穿上了芙蕾雅幫忙挑選的衣服。穿起來非常適合，相當惹人憐愛。

「嗨，小哥。你總算來啦。」

「我對餐點美味的店沒辦法抗拒。」

踏入店裡後，商人便從包廂探出頭來向我們揮手，我們走過去並就座。

在這間店只要多付點錢就可以使用包廂。

明明現在離喝酒時間還早，但一般座位已經是座無虛席。

可以窺見這間店的人氣之高。

「小哥，還真是不能小看你。居然帶了三個頂級的美少女過來。」

「是啊，她們都是我匹配不上的女孩。」

「好啦，我們馬上開始吧。先來把這杯乾了吧，這是鎮上的特產酒。不喝這個就沒辦法起頭啊。」

說完這句話後，商人拿出了一瓶酒。

並幫我在酒杯裡面倒入了滿滿的酒。

「這酒充滿了果香呢。」

「這是用山葡萄釀的酒。還挺好喝的。在乾杯前先抿一口試試吧。」

「那我就不客氣了。」

山葡萄甘甜的酸味刺激著鼻腔。原本以為是甜酒，但卻只散發出清爽的微微甘甜，酸味也恰到好處，非常順口。

「沒有想像中那麼甜，似乎也很適合搭配料理享用。」

「當然。我可沒興趣點跟肉不對味的酒。當然也準備了豐盛的料理喔。」

商人一拍手，就陸續有佳餚上桌。

使用了整隻油鴨的奶油燉菜。

用香辣的調味料燉煮牛內臟的內臟料理。

磨碎味道濃郁的綠色蔬果，和醋拌在一起享用的奇妙沙拉。

眼前陳列著我從來沒吃過，但光憑味道和外觀就可以斷定很美味的佳餚。

貪吃鬼剎那已經邊用鼻子聞著味道邊流著口水，夏娃則是眼神快速地游走在我和料理之間。

看樣子她們都迫不及待了。

「小哥，先來乾杯吧。祝福我們的相遇，以及祈禱今後的生意能成功。」

「嗯，希望我們合作愉快。」

我和商人互碰酒杯，將酒一飲而盡。

看到這一幕後，一直忍耐著的剎那等人也開始享用起料理。

至於味道根本不用問，光看她們的表情就知道了。

我也來吃吧。否則就要被剎那她們吃光了。

「這間店不錯。酒好喝，料理也非常棒。」

「在招呼重要的交易對象時我都會選這間店。我還沒遇過有人被招待來這裡還會不開心的人喔。」

如果是這裡，的確能讓許多交易都順利進行。

剎那和夏娃從剛才就沉迷於料理之中，把臉頰塞得像松鼠一樣，實在很可愛。

芙蕾雅應該是從小就養成了習慣，熟練地使用刀叉優雅地用著餐。

光是吃個飯就莫名地像一幅畫。這就是公主殿下的品格吧。

「所以，有關小哥你說的那個賺錢的生意……」

「在那之前，先自我介紹吧。對於今後要合夥做生意的人至少得知道彼此的名字，否則很不方便吧。我叫凱亞爾葛。是一名旅行中的鍊金術士。身邊這幾位是我的從者和奴隸。」

我坦承表面上的身分。

回復術士會聯想到【癒】之勇者，所以在向人報上姓名時都自稱為鍊金術士。

「凱亞爾葛……我記住了。是個好名字。我叫卡爾曼。如你所見是個魔族。該怎麼說，我以前晃著晃著就繞到了布拉尼可，因為一點契機學了怎麼做生意，覺得很有意思。現在已經完全沉迷其中了。」

除了有類似刺青的紋樣以外，其他地方與人類別無二致。

以他的這個外表做生意的話，說不定會比其他魔族還來得有優勢。

「是嗎，那麼這陣子得大賺一筆才行嘍。」

「小哥，我也是這麼打算的。做生意是挺有趣的，不過最近倒是覺得能吃到美食的誘因比較大，所以才住在這座城鎮……那差不多該聊一下那筆賺錢的生意了吧？」

商人……卡爾曼的眼神非常認真。

好啦，我也切換一下心情吧。接著要開始商談了。

「卡爾曼，我已經把這城鎮的集市繞了一圈，這裡是不是幾乎沒有鍊金術士？恢復藥不僅流通量少，價格也很昂貴。」

「是啊，魔族沒辦法製作恢復藥，人類裡也沒有足以製作恢復藥的高知識分子住在這城鎮。頂多只有會跨越國境的旅行商人偶爾幫忙進貨。」

今天一整天在城鎮上繞了一圈，發現幾乎沒看到恢復藥，就算有也非常高價，這在拉納利塔根本無法想像。

而且還並非沒有需求，儘管看到昂貴的價位心懷不滿，無論人類還是魔族還是都乖乖掏錢購買。

換句話說，正是因為供不應求才會導致價格飛漲。

那麼只要提供價格合理的恢復藥，購買人潮肯定是絡繹不絕。

「我已經說過我是鍊金術士了吧，當然能製作出這種東西。」

我在桌上擺了塞滿恢復藥的背包。這是趁著白天購買了空瓶，把我特製的恢復藥裝瓶一起帶來。

「這些全部都是恢復藥？」

「沒錯。是提升治癒力和恢復體力這兩種受歡迎的恢復藥。而且都是一級品。」

只要我有那個心，可以輕易製作出超越一級品水準的東西，但我故意把成品壓抑在一級品的水準。

要是做得太過火，就會在各種地方被人盯上。這種引人注目的方式我並不喜歡。

卡爾曼拿起眼前的兩種恢復藥端詳了起來。

「的確是一級品。」

「真是識貨。」

「這點小事都看不出來就當不了商人啦。那麼，你願意讓我買下這些貨嗎？」

「如果是你應該能賣一個好價錢吧。」

如果我在露天擺攤肯定會比交給卡爾曼還要好賺吧，但就算新來的突然開始做生意，客人也不會信任商品的品質。

況且我沒有時間。根本沒辦法去擺攤做生意。

然而，卡爾曼是有信譽的商人。只要他說是一流的恢復藥，客人也會相信這是一流的，更何況這樣我也樂得輕鬆。所以我決定交給他販賣。

「……如果把這麼多的恢復藥交給我在這鎮上販賣，毫無疑問會大賺一筆。真傷腦筋啊。我沒想到小哥說的賺錢生意居然會這麼好康。老闆娘，幫我再拿酒來。把那個給拿來，就是那瓶珍藏的酒！也麻煩把和那瓶酒相稱的料理一起端上來。抱歉，看來是我招待不周！就麻煩你網開一面吧。」

卡爾曼拉高聲量點菜。
剛才喝的酒其實已經相當好喝，沒想到還有更高級的啊。
而且居然還有與其相稱的料理，光想像就讓人口水直流。
「我已經很開心了，不用放在心上。不過既然你要好好款待我，那就不客氣了。」
「很好。畢竟我的原則是『越能讓我賺錢的傢伙越要珍惜』。不過已經沒更高級的嘍。」
這傢伙人真的不錯。
就算不談生意只是喝酒談天，想必也會很愉快吧。
「聽你這麼說我就安心了。讓我們繼續商談吧。城鎮上的居民正好因為騎士大舉來訪感到人心惶惶。像這種時候恢復藥應該會很好賣。我想依據這點來訂定價錢。」
「小哥，你真會做生意啊。好，我知道了。我就多花一點錢買進吧。」
後來，我們開始針對價格和進貨數量進行交涉。
結果，他決定以一個連我也認為十分良心的價格買下。
恐怕他是以不放走這樣一個大好商機為優先考量吧。
不只是買賣恢復藥，我還跟他下定逛了好幾間商店都難以尋獲的稀有商品。他好像願意動用商人之間的聯絡網幫忙尋找，一找到就會幫我保留。
這與利益無關，是卡爾曼對我釋出的善意。真是感謝。
幸好有遇見這個人。

所以，我就多管閒事地給他一點建議吧。

「這個城鎮恐怕就要變成戰場了。儘管現在還有商機，但不快點逃就危險了。我勸你先做好準備，一旦感到危險就要立刻逃走。畢竟留得青山在不怕沒柴燒。」

「哈！你以為我是誰啊？我才不會被輕易嗝屁咧。」

卡爾曼喝下美酒，開心地笑了。

我也在此時喝下了剛才新端上的酒，頓時瞠目結舌。原來如此，果然是珍藏美酒。

就連料理也提昇了一個層次。

剎那她們也非常開心……讓她們體會到奢侈的感覺說不定有點失敗啊。

後來我們暢所欲言。此時卡爾曼說了一句我不能無視的話。

「人類的軍隊來到鎮上了呢。小哥你自己也小心點好。尤其是【劍】之勇者，那傢伙碰不得。小哥你帶著的妹子還是躲起來比較好。」

「發生過什麼事嗎？」

「我常客中有一名有錢的大小姐，【劍】之勇者那傢伙對她做了很殘忍的對待……講白一點就是被強姦了。從那之後，大小姐就再也沒踏出宅邸一步。畢竟考慮到對手的身分，她也只能以淚洗面……總之那傢伙遇到美少女就沒有原則可言。小哥你身邊的三位都是美少女。要是被看到可是會被相中的。很危險喔。」

「嗯，我會注意。」

看來就算在這邊的世界，【劍】之勇者依舊故我，讓許多人為此啜泣不已。有必要給予天誅。為了城鎮的和平與我的復仇，都非得收拾她不可。

之後我們閒聊了好一陣子。

令人訝異的是，就連極端怕生的剎那也能和卡爾曼正常交談。

我們品嚐美酒佳餚吃飽喝足後，當天就地解散。

卡爾曼幫忙結了我們所有人的帳。讓他幫忙付我以外的人那筆錢實在是過意不去，所以我說我們的部分由我來付就好，但他並沒有退讓，說這是投資。

作為今日的謝禮，就讓他好好賺一筆吧。

和卡爾曼道別後，我和剎那等人回到旅社。

「凱亞爾葛大人，真的是非常美味呢。」

「嗯。真的很棒。剎那看了菜單，發現上面還有很多看起來很好吃的料理。」

「嗯，我也很在意。像是特製的燉煮腿肉什麼的真的讓人很想吃吃看呢。」

三個女孩興高采烈地聊著料理的話題。

不知不覺間，夏娃也完全融入其中。她們是怎麼變熟的啊？待會兒問看看剎那好了。我也想和夏娃打好關係。

「這陣子的晚上就去那間店吧。反正也賺到錢了，我也還有其他想吃的菜單。」

三人同時天真無邪地笑了。

真是幸福的夜晚。

然後，有一件事情必須要現在立刻決定才行。

為了向【劍】之勇者復仇，是否要以傷害夏娃和剎那為前提將她們作為誘餌送出去。

「剎那、夏娃。妳們真可愛。」

不禁說出了真心話。看到品嚐美食後幸福地笑著的她們倆後，讓我冒出了這樣的想法。

「……突然這麼說，剎那會害羞。」

「我……我不會因為這樣就上當喔！反正你一定是在想色色的事情對吧！」

她們倆的反應很有趣，讓我笑了出來。

這幾個女孩真的很可愛。我不想傷害她們。想保護她們。

所以，我不願這麼做。

我不會把這些孩子當成誘餌，不能犧牲她們。

然而，這並不代表我放棄對【劍】之勇者復仇。這點我絕對會貫徹始終。

所以得另外準備別的誘餌送給她。

那就是我自己。

為了要向那傢伙復仇，我要暫時捨棄凱亞爾葛的身分……重生為惹人憐愛的一朵花——凱亞菈。

第十三話 回復術士成為惹人憐愛的一朵花

為了向【劍】之勇者復仇，我不打算把剎那和夏娃當作誘餌，而是要捨棄凱亞爾葛的身分化身為凱亞菈，讓我自身成為誘餌，趁她襲擊我時收拾她。

既然要用凱亞菈這個假名……換句話說，我自己得成為女性。

現在不僅為此糾結，同時也感到恐懼。

【劍】之勇者對我來說是道精神創傷。

要勾引那傢伙，這讓我打從心底強烈地抗拒。

因為我很害怕。然而即使如此也只能硬著頭皮上。

如果不克服那傢伙，那就只能停滯在原地，無法前行。

◇

回到旅社，一如往常地盡情疼愛剎那和芙蕾雅，順便調侃一下悶騷的夏娃。

夏娃用棉被蓋住自己，乍看之下是為了不讓自己聽到聲音，而實際上卻是豎起耳朵，偷偷地自我安慰。

深信自己沒有穿幫的這點也很可愛。

完事後，我躺在床上，同時半瞇著眼睛思考事情。

全裸的剎那抱著我的左手。

她的睡臉真的很可愛。戳了一下臉頰後，隨即感受到鬆軟滑嫩又富有彈性的觸感。

「等到早上的例行公事結束後再變身吧。得在那之前先做好覺悟。」

【劍】之勇者是對女人很挑剔的類型。

如果不夠正點就沒辦法吸引她上鉤。

就算能用我的【改良】改變模樣，卻無法連性別也一併更改。

要克服身為男性的先天不利條件，讓那個女人對我出手，就得靠精湛的演技才行。

我得盡一切努力，成為女人中的女人。

所幸我在旅行的這段期間，身邊就有一群最棒的美少女。來活用這些經驗吧。

◇

結束早晨的訓練後，剎那等人回來了。

最近連夏娃也會一起參加訓練。

據夏娃所言，只是被保護根本不行。自己本身沒有變強的話就沒有意義。

空有才能未曾努力過的她，居然會開始磨練自己的才能，我對此感到又驚又喜。

我正想說最近覺得剎那和夏娃莫名要好，想必是因為像這樣一起訓練吧。

「早餐送來了喔。」

這間旅社雖然比不上一開始住的那間，但飯菜也相當可口。

所以早餐也會交給旅社幫忙準備。

我算準剎那等人會餓著肚子回來，明明只有四人卻每次都點了八人份的餐點，但至今從未吃剩。

「凱亞爾葛大人，今天的早餐看起來也好好吃。夏娃、芙蕾雅，盡量吃。不吃的話不會變強。」

「當然了。在運動過後吃的飯是最棒的。」

剎那和夏娃這兩個飢餓兒童飛奔了過來。

她們馬上大口大口地吃著麵包，再喝湯把它灌進胃裡。

另外一個人則是一臉疲憊，臉上帶著一種哀怨的神情。

「為什麼……剎那和夏娃在經過那麼不合理的訓練後，還吃得下食物呢……無法理解。」

芙蕾雅看起來滿身瘡痍，甚至還得費工夫將麵包浸在湯裡才能努力下嚥。

一旦交給剎那訓練，初學者都會變成這樣。

若無其事的夏娃反而不正常。她的適應能力異常地高。

我在旁默默地看著她們三人用餐。

並偷偷地對芙蕾雅使用了非常基礎的【恢復】。

這是藉由強化自我治癒能力，痊癒肌肉痠痛的症狀。要是不治好肌肉痠痛就每天持續不合理的特訓，反而會造成反效果。我一直以來都像這樣偷偷協助，讓她每天都能處於萬全狀態。

芙蕾雅明顯地恢復了精神，也加快了用餐速度。

我算準她吃完的時間開口說道：

「芙蕾雅，我有事要麻煩妳。」

「什麼事，凱亞爾葛大人？」

「我希望妳能幫我化妝。」

我也曾【模仿】過這個領域的技術，但早已拋到九霄雲外。

要是沒把【模仿】過的知識和技能固定，只要過了一個月就會遺忘。

為了不忘記重要的知識和技能，我會注意定期進行分配，但無關緊要的等我一注意到時早已消失無蹤。

我壓根兒沒想過居然會需要化妝。

再加上，我並沒有化妝所需的美感。如果是從小就被美麗事物包圍長大成人的芙列雅公主，也就是芙蕾雅的話應該可以幫得上忙。

「好啊。不過，我沒想到凱亞爾葛大人居然會有扮女裝的癖好……」

有些傻眼的芙蕾雅說了很失禮的話。

這傢伙真沒禮貌。

「不對。是因為有一群人想破壞這座城鎮。扮成女性比較適合潛入那群人之中。並不是我有那方面的癖好。」

「我安心了。要是把那邊切掉後，就代表沒辦法再讓凱亞爾葛大人疼愛我，這樣會很寂寞，所以我才會感到不安。」

「……那是妳擔心過頭了。」

蕾雅從自己的小包中取出化妝道具。

是她有次打從心底央求我才買給她的東西。

雖然我說化妝對旅行沒有必要，但據芙蕾雅所言，這對女性來說似乎比鎧甲更為重要。以芙蕾雅來說，就算她不刻意化妝也是個十分標緻的美女，本人或許也有意識到這點，所以只會化點淡妝。

據芙蕾雅所言，這一層淡妝似乎非常重要。

芙蕾雅偶爾也會試圖幫剎那化妝，只是每次剎那都會認真地逃開。她好像不喜歡化妝品的味道。果然是狼。

「那麼，請坐在這個椅子上。」

「等一下，我要在那之前先做一件事。【改良】。」

我改變了容貌、骨骼和體型，讓自己看來像個女性。

因為不能改變性別所以那根還是掛著，但光看外表的話就是個十足的女性。

雖然身形中規中矩，但還是有胸部、小蠻腰以及翹臀。

身體重心有點不穩，到習慣以前似乎還得花上一點時間。

肌肉力量減少導致體能也跟著下降。說起來，全身都軟得像棉花糖似的，心裡實在不踏實。果然還是當男人好。

「嗚哇啊啊，凱亞爾葛大人，你好可愛。剎那、夏娃，快過來一下。」

「好可愛。凱亞爾葛大人。讓剎那抱抱你。」

剎那撲進了我的胸膛。就如字面上所述，她真的把臉塞進我的胸部開始磨蹭了起來。剎那臉部的重量導致我的胸部開始變形。

嗚，剎那的舉止雖然可愛，這樣心情實在複雜。

「……你內在的邪惡一面完全消失了呢。漂亮到身為女人的我都會看入迷。」

夏娃也給了不錯的評價。

總之，外貌是及格了。

「不過，凱亞爾葛大人現在的臉感覺似曾相識……啊，我想到了。很像凱亞爾葛大人真正的臉。」

「剎那也有同感。凱亞爾葛大人真正的臉很可愛。現在變得更像個女孩子。」

「咦？那個黑心的凱亞爾葛……原本的臉是長這樣？這也太令人意外了。」

「……別說了。我不喜歡自己原本的長相。那張臉散發著天真和稚氣，一點都不像我。要是沒有理由，我可不會選這張臉。」

正如芙蕾雅察覺到的，我現在這張臉是把原本「凱亞爾」的臉變得更為女性化。

會選擇這張臉的理由有兩點。

第一點，要是改變後的容貌與原本的臉型差距過大，就無法控制臉部的肌肉。畢竟跨越了男女性別的障礙，缺點自然也會很顯著。所以我才不得不以原本的臉作為基礎進行調整。

第二點，是因為【劍】之勇者喜歡這張臉。

在第一輪的世界中，【劍】之勇者會激烈地虐待我，除了嫉妒芙列雅會調戲我以外，另外一部分是因為她不承認自己對男人發情。那個女人很中意我那長得猶如少女般的長相。為了要帶給我屈辱，好幾次都硬逼我穿上女性服裝，然而當時的【劍】之勇者表情明顯是在發情。

……如果是把凱亞爾的臉加工後的女性長相，那女人肯定會上鉤。到時候只要我拒絕她的搭訕，她肯定會蠻不講理地襲擊我。這樣復仇條件就成立了。

還是小心為上好了。

我從小包包拿出注射器。

將裡面倒入滿滿的藥液後，刺進脖子注射在身體裡。

果然還是直接灌進血管裡有效。

這個藥液的真面目，是以芙蕾雅的體液為材料精製的特製藥劑。

要吸引一個人，不單單只看外觀和個性，體味和費洛蒙也尤其重要。這個藥液是為了讓我獲得這些東西。

我還做了以芙蕾雅的體液為原料的香水，這也一起使用。

【劍】之勇者過去曾深愛的芙列雅公主身上的味道以及費洛蒙，再把她在第一輪世界中意的凱亞爾長相改造得更有女人味，用這些手段和她一決勝負。

話雖如此，把以芙蕾雅的體液為材料製成的恢復藥注射到體內，還是讓我有些許抗拒，當一切都結束之後，還是用【恢復】完全去除吧。

「凱亞爾葛大人，你看起來真的像個女孩子。」

「因為不做到這種地步，潛入作戰根本無法成功。」

我打算找【劍】之勇者外的人來實驗看看這身女裝是否完美，這也是為了要得到這次復仇（遊戲）的必要道具。

「那麼我馬上幫你化妝。因為你素顏就非常好看，只化一點淡妝，以把你的魅力發揮出來為目標嘗試看看。」

芙蕾雅呼吸急促地靠近我。

她莫名地有幹勁。

儘管有一點不好的預感，就順著她的意吧。

平常總是我在玩弄芙蕾雅，偶爾也任由她擺布吧。

化妝結束後，芙蕾雅接著拿了衣服過來。

「裙子我不太能接受啊。沒有褲子嗎？」

「不行。難得變得這麼可愛，絕對要穿裙子。況且這樣也比較適合。」

芙蕾雅拿來的是裙子，而且還是迷你裙。

要穿上這個需要莫大的勇氣。

「啊，凱亞爾葛大人，內褲就穿我的吧。」

「……不用，反正又看不到，這樣就好了吧。」

「不行。其實裙子還挺容易掀起來的喔，到時候別人若看到你穿男性內褲，可是會很傻眼的。」

真搞不懂。不懂她們穿那種「挺容易」被看到內褲的衣物是做何心態。

總之先趕緊試穿看看吧。

……這種不可靠的感覺是什麼啊？

腳下涼涼的好噁心，試著稍微走了一下，光是這樣好像就會看到內褲。

這應該已經達到了羞恥PLAY的領域吧？

要穿著這種衣服在街上走，是認真的嗎？

「哇！好可愛！」

聽到芙蕾雅的聲音後，剎那也湊了過來。

儘管一如往常面無表情，但總覺得她的眼睛正在一閃一閃地發亮。

她動了動耳朵，冷不防地就把裙子掀了起來。

我不禁用手按住。

「剎那，妳到底想幹嘛啊？」

「是不由自主，看到凱亞爾葛大人就讓剎那想這麼做。」

我臉都紅了。

第一次受到這種屈辱。

……這次是第一次化身為凱亞菈，同時也當作是最後一次吧。我好像有點忍受不了。

◇

當女人真好。

我一邊胡思亂想一邊穿過小巷。

這並非是我覺醒了扮女裝的癖好。

由於諾倫公主和底下幾名成員正在和領主交涉，來自吉歐拉爾王國的精銳部隊，聖槍騎士

團看起來閒閒無事。

所以我就從騎士團裡面看起來口風比較鬆的成員套出了情報，沒想到他滔滔不絕說了一堆。

美女果然有好處。穿女裝的我——凱亞菈毫無疑問是個美少女。那男人實在單純，絲毫沒起任何疑心就為我提供必要的情報。

在獲得的情報當中，甚至得知了【劍】之勇者去釣女人用的酒館名字。

好啦，既然獲得了情報。再來就是取得道具。

我朝向人煙稀少的小巷子走去。

一個手無寸鐵、打扮輕薄的上等貨色獨自走進這種地方，簡直就像是在懇求別人來強姦。

看吧，來了。

「嘻嘻，這女人挺不錯的嘛。真走運啊。」

他用左手抱住我，並用右手摀住嘴巴。

「啊！大哥你太狡猾了。你打算一個人獨占嗎？」

「沒錯，沒錯，我們是團隊耶，三個人平分啦。」

「嗯，我知道。不過要讓我第一個上啊。」

我現在被下流粗俗的三個大男人綁住。

健壯的身軀看起來很明顯是以力量自豪。不過，腦袋倒是有點不靈光。

他們威脅說一旦我亂動就下殺手，打算把我帶到某個地方去。

原本就肯定會有人上鉤，只是會這麼輕易地就釣到實在是始料未及。

他們把我帶到渺無人煙的建築物後隨手一扔。

「好啦，讓我好好疼愛妳吧。」

「大哥，你可要射在外面喔。待會兒我們也要用呢。」

「射在哪我都無所謂。反正我喜歡從後面來。」

開始自顧自地說起來了。

好啦，讓我確認一下復仇點數。

只要儲存到一定值，就可以開始愉悅的復仇時間了。

……不行，點數微妙地不太夠。

被綁架，被從後面熊抱，遭到一片漫罵。

還想再加個罪名上去呢。

不過要是弄破難得買來的衣服也很可惜。

好，給他們一個機會吧。獎勵遊戲開始。

那群男人用閃閃發光的眼神瞪著我。

於是我也回瞪過去，並開口說道：

「我比你們還要強喔。如果對我出手，你們到時一定會後悔。甚至會連人都當不成。勸你們要逃的話就趁現在喔。」

我做出警告。

他們會有什麼反應呢？

「嘎哈哈哈哈哈，小妹妹，你這玩笑真有意思啊。」

「喀喀喀，要威脅也要想個聰明點的吧。」

「我好怕，我好怕喔。雖然可怕，但我會努力侵犯妳的。」

眼前的男人們大笑了起來。

善意被踐踏了。復仇點數再加算上去。

當我也跟著男人哈哈大笑起來後，他們就擺出驚訝的表情停止笑聲。

好啦，該來宣判死刑了。

「真~可惜。既然達到規定值，那我就要開始復仇（遊戲）了。不要緊，放心吧。雖然要讓你們放棄當個人……但會讓你們盡情享受你們最喜歡的交配。」

我明明都給了他們最後的機會。

所以笨蛋真是讓人傷腦筋。就連對手的實力都看不出來。

「妳這傢伙，先讓妳閉嘴好了。」

被稱為大哥的男子揮拳揍了過來。

動作很大。在我看來根本就是靜止不動。

我抓住他的手，利用對方的力道使出過肩摔把人丟了出去。

「咳咳！妳……妳這傢伙！」

「閉嘴。」

我用腳尖往倒在地下的那傢伙的下巴踹了過去。

大腦受到衝擊後，男人瞬間失去意識。

可不能殺了他。必須好好地透過最棒的藥讓他成為我方便的道具派上用場，不然可就傷腦筋了。

「好啦，剩下兩個人啊？要抵抗也行，但是放棄掙扎我可以讓你們壞得比較輕鬆喔。」

趕緊收拾他們吧。

其實這三個人應該要感謝我才對。

【劍】之勇者雖然個性惡劣到家，但卻是個美女。

他們待會兒可是能和那個【劍】之勇者翻雲覆雨呢。

◇

花了幾秒就把剩下兩人制伏了。

我把這三個男人一腳踹開，像疊疊樂那樣當成椅子並坐在上面。

坐在人肉椅子上，沉浸在倦怠的情緒之中。

「男人居然這麼簡單就會上鉤啊。同樣身為男人我真感到可悲。不對，是因為我太有魅力了嗎？對這些傢伙真是不好意思啊。畢竟看到像我這種外表以及個性都這麼可愛的人從眼前經過，肯定沒辦法忍耐嘛。好啦，打針時間～」

我從小包包裡面拿出新型的特製恢復藥。

是把之前不小心玩壞金豹族的那罐藥水重新改良後的版本。那個女人的犧牲並沒有白費。因為她讓我像這樣完成了改良版恢復藥，她一定也在某處為我欣喜吧。

只要注射這玩意兒，這群男人就會得到幸福。

因為這樣一來，就一輩子再也感覺不到疼痛、不安，也不會覺得痛苦了。

第十四話 回復術士對【劍】之勇者復仇

我扮成女裝化身為凱亞菈，將襲擊我的白痴三人組藏到某個場所，先下藥讓他們昏睡。

要是放著不管，宛如野獸的他們就會開始襲擊無辜的路人，所以我不會手下留情。

更何況要是一個不小心，我就會差點被這些傢伙輪姦。

我不經意地望向廢屋裡的鏡子。雖說是為了向【劍】之勇者復仇才喬裝為女性，但女裝的我也挺不壞的嘛。

可以理解男人為何會上鉤。

這樣的話，應該也能釣到【劍】之勇者吧。

時間差不多要到了。先移動吧。

◇

「居然選了一間莫名高尚的店。」

我一邊抱怨，穿著禮服在街上行走。

【劍】之勇者用於獵艷的店家，就算在這個鎮上也是上流階級會聚集的地方。穿旅行用的衣服再怎麼說都會被拒於門外，所以我換穿上剛買來的禮服。多餘的開銷讓我的心好痛。

抵達我要找的這間店。光是透過打造得極度奢華的入口以及這富麗堂皇的氣氛，就可以知道此處謝絕一般人進入。

在踏進店裡前先深呼吸。

現在的我，是貴族的千金小姐。必須要抱著這種想法來表現行為舉止。設法對自己做了個暗示。

現在的我，是綻放於夜晚，惹人憐愛的一朵花——凱亞菈。

讓她見識我的魅力吧。

◇

我走入店裡。

入口有個保安，似乎正在驅趕可疑的客人。

我的模樣似乎頗有貴族千金的風範，他一語不發地就讓我通過了。

裡面是很時尚的酒吧，老實說有點不自在。

上流階級的人士正在談笑風生。

聽得見鋼琴的音色。那並非外行人隨興彈出，是專業人士的現場表演。

我豎耳傾聽這個音色，同時在吧檯邊就座。

一名上了年紀的紳士正在幫客人調製雞尾酒。我算準他有空的時機點單。

「請給我一杯濃度低的甜酒。」

「遵命，大小姐。」

酒保在眼前幫我調製雞尾酒。

他用水稀釋水果酒，並榨了顆我從未見過的紅色果實，將果汁倒入酒瓶內便完成了。

試著喝了一口，就如同我剛才所要求的，是杯濃度低又帶有果實甜味的酒。

有一股清爽的後勁。

酒好喝我就安心了。我打算暫時當這間店的常客。畢竟我不想花大錢買難喝的酒。

我已經打聽出【劍】之勇者有計劃來這裡，但這不代表第一次就會遇上她。

從騎士身上探聽出消息時，我還耍了一點小把戲。

我趁打聽他常去的店家叫什麼名字時，順便說：「我迷戀著【劍】之勇者大人，想要再見到他一面」。

騎士團那群傢伙，應該會向【劍】之勇者轉達有位可愛的女孩子要見妳吧。

這樣一來，【劍】之勇者開心地前來的機率就會大大提升。

所以我在白天做的，就是打聽情報兼灑餌。

我一邊和酒保談笑風生，一邊打發偶爾過來搭訕的男人。畢竟我很美，男人不可能視而不見。

但我對那些雜碎沒興趣。我瞄準的獵物只有一人。

◇

傳來嘎啦的一聲。是安裝在門上的門鈴響了。

看樣子是有誰來了。

我露出賊笑。

哎呀，不行。我得像個淑女那樣露出微笑才可以。

是那個女人。光憑纏繞在身上的魔力就可以知道是【劍】之勇者來了。

想不到她居然第一天就來了啊。

【劍】之勇者踏著輕快的步伐，走到了我旁邊的位子就座。

感覺到周圍的目光朝這邊聚集了過來。

畢竟光看外表的話，【劍】之勇者布蕾德是一個眉清目秀的貴公子。

以一名女性來說，她的身高偏高，還有一頭漂亮的金髮與修長纖細的身體。

身上穿著細長的女性西裝褲以及剪裁合適的襯衫。

有著一股難以言喻的性感，店裡的女性都以陶醉的表情注視著【劍】之勇者。

「小姐，妳是第一次來這間店嗎？」

臉上掛著裝模作樣、令人作嘔的笑容，布蕾德開口詢問。

「嗯，是第一次。你是常客嗎？」

「其實我也是第一次來。原本還想麻煩妳推薦我美酒的，真是不走運啊。」

他露出清爽的笑容。

然後，布蕾德向酒保搭話，點了兩杯推薦的美酒，並將其中一杯遞給我。

「聽說這很好喝。妳也喝喝看吧。這杯我請客。」

能行雲流水地這樣向人搭訕，是這女人的特徵。

「讓不熟識的人為我付錢，這樣不太好。」

「既然這樣，不如就當作是陪我乾一杯吧？畢竟一個人喝實在寂寞。」

「那樣的話就沒關係……那麼，乾杯。」

我們碰了碰彼此的酒杯。

之後，布蕾德開始以風趣的內容和我交談。

不是一個人自說自話，而是會讓對話自然進行並讓我參與其中，專心當個聽眾。應話的時機非常恰到好處，當對話要變得無趣時就會若無其事地接話。

當聊得越來越熱烈時，她就會趁亂積極地勸酒。

不愧是平常就習慣染指女人的傢伙。攻陷女人的技巧實在讓人讚嘆不已。是個為了上女人而不擇手段的女人。

如果我是女人，說不定已經對這傢伙抱有好感了。

不過，復仇的火焰正在我的胸口熊熊燃燒。我幾乎無法克制想毀掉那張漂亮臉蛋的衝動。

時間就這樣慢慢地流逝。

「我差不多該走了。」

「小姐，今天已經很晚了。一個女性獨自走在外面很危險喔。我不是危言聳聽，今晚就在我房間過夜吧。」

乍看之下，表現得真的很像是在擔心我，但她的內心應該正湧起一股欲望。

要是跟著她走就沒救了。到時她將會化身成野獸，蹂躪這個身體吧。

「對不起。和今天才剛認識的男人，果然還是……我稍微去一下洗手間。」

「對不起，突然說這種奇怪的話。」

「沒關係，我並不介意。」

儘管布蕾德仍擺出一張和藹可親的笑臉，但她的表情出現瞬間的扭曲，我可沒看漏。

那個女人討厭在同一個女人身上花時間。她希望能每天品嚐到各式各樣的女人，所以討厭像這樣不識時務的女人。

會讓那傢伙即使花費時間也想得到的唯一例外，頂多只有芙列雅公主。如果是其他女人早就被她強姦了。

好啦，接下來她肯定會採取我所預測的行動。

我離開座位後發動了鏡面魔法，這是使用鏡子的一種鍊金魔術。

這樣就算人移動到店的最裡面，也可以清楚查看留在位子上的她有何舉動。

她趁我不在的這段期間，露出一臉生厭的表情，從懷裡取出一包裝有白色粉末的袋子。

並將那混進了我的酒杯。而且還是兩種。

一種是安眠藥，另外一種則是媚藥。那傢伙總是隨身攜帶，是強姦時的必備良伴。

看到她對我下毒，復仇點數已經大幅加算上去了。

我算準時機回到座位。

「今天有點喝太多了。我差不多該回去了。」

「我很開心能和妳聊天。下次還能在這間店碰面嗎？」

「如果有機會的話當然樂意，那再見了。」

正當我打算起身時，布蕾德卻抓住我的手。

居然擅自碰少女的肌膚。復仇點數又繼續加算上去。

「呀！突然是怎麼了？」

「酒保專程為妳調製了雞尾酒，喝剩實在浪費，妳就把它喝完吧。」

「我今天已經喝到有點難受。不介意的話，是否能麻煩你幫我喝呢？」

好啦，看到獵物即將從陷阱中脫逃，【劍】之勇者會做出什麼反應呢？

我一邊在內心嘲笑一邊觀察她的動作，結果她把雞尾酒含在口中。

咦……這不是自殺行為嗎？是因為不這麼做太不自然，才把加了安眠藥和媚藥的雞尾酒喝下去嗎？

然而，我的想法太天真了。

她就這樣把雞尾酒含在嘴裡，以嘴對嘴的方式餵我喝下。

由於這個舉動實在太出乎意料，我沒來得及反應過來。

好噁心，我都要吐了。

忍耐，我得忍耐。

這得加算超級多的復仇點數。

奪走少女嘴唇的罪是很重的。

「你突然……做什麼？」

「因為這杯雞尾酒是為了要讓妳喝下才調製的。我認為還是得由妳來喝才行……所以就用了有點強硬的做法。」

布蕾德抿嘴一笑。

我的身體開始搖晃了。

所以立刻在體內生成抗體。這種程度的藥我馬上就可以使其失效。

「小姐妳好像是喝多了。沒辦法，就送到我的房間好好照顧妳吧。」

【劍】之勇者意有所指地讓周遭聽見這番話。這樣就可以大手一揮把我給帶出場了。

然後，我就被布蕾德用公主抱的方式帶出了店家。恐怕會直接被帶到這傢伙的房間吧。她用來辦事的房間禁止其他任何人出入，隔音效果也很優秀。

換句話說，是用來復仇的絕佳場所。打從一開始那就是我的目的。一切都順利進行。

當布蕾德踏入巷弄的那一瞬間，一名年邁的男性出現在眼前。他的瞳孔充滿血絲，用顫抖的手握著小刀。

「你……就是你……竟敢……竟敢把我女兒！怎麼？那個女人是誰？難道欺負我女兒還不夠，又把你的魔爪……」

年邁的男性將驚人的憎惡宣洩到布蕾德身上。

「女兒？呃，自從來到這鎮上後我玩過的有……露莉雪？瑪莉安？啊，還是愛麗絲？內心有數的實在太多，我不知道是誰啦。」

「……是蜜爾菈。」

「噢，是那女孩啊。因為姿色差強人意，你不說我都忘了呢。那次真是失策。她根本不是什麼好貨色。」

「我要殺了你————————！」

年邁男性的憤怒已超過臨界點，把小刀舉在腰間頂著就這樣衝了過來。

對【劍】之勇者做出這種無謀的攻擊已稱不上無謀，根本是自殺行為。

不過，想必是因為他已經氣得抓狂到不得不這麼做了吧。

我可以看出狀況。他的女兒被玩弄……恐怕是被玩壞了。所以他以父親的身分來報仇。

布蕾德淺淺地笑了。然後，真是豈有此理，他居然把我扔向那個老人。我可是個惹人憐愛的美少女耶。

「啊，搞砸了。我其實還挺中意的耶。算了，再找別的女孩將就一下吧。」

年邁男性雖然打算收起小刀，但來不及。再這樣下去會被刺中。

「嘖。」

我放棄裝睡睜開眼睛，在空中讓身體彎曲，並把年邁男性突刺過來的那隻手彈開。這樣一來不僅能閃開小刀，還能順便用指頭震動年邁男性的下巴讓他失去意識。

妨礙別人復仇是有點過意不去，但是再這樣下去他肯定會反過來被布蕾德殺死。這算是我對同為復仇同伴的一種小小溫柔舉動。

我滾倒在巷弄裡。

難得買來的禮服都毀了。怒氣不斷地湧上來。

「噢～真令人驚訝。我的特製雞尾酒居然對妳無效。況且那個身手……妳到底是誰？我開始產生興趣了喔。」

到底有什麼好開心的？布蕾德一邊抿嘴笑著一邊朝我走近。

……這傢伙真的是人渣。明明發生了剛才那種事，如今已經對打算為女兒復仇的年邁男性毫無興致。

雖然這不符合我的作風，但就連那個人的份也一起復仇吧。

「默不吭聲的這樣我不知道啦。可愛的小貓，可以告訴我妳的來歷嗎？……看來妳不願意回答呢。那沒辦法了，來問問妳的身體吧。」

布蕾德砍了過來。

好慢。這不是認真的一擊。想必她有手下留情。

面對我居然還敢放水，真有膽識。我用手掌敲打劍的側面，反彈的同時直接朝著臉頰賞了一發裡拳。這是某位老武術家的得意技巧。

布蕾德並沒有受到什麼傷害，但對這出乎意料的反擊感到驚訝，就這樣往後退了幾步。

商人卡爾曼給的細劍有事先藏在裙子裡帶來。我掀起裙子拔劍擺出架式。

好啦，該怎麼辦才好呢？在這裡戰鬥不在我的計畫裡面。

就算在這裡展開一場認真的戰鬥頂多只能殺了她。這樣的復仇實在太過寒酸。得想個辦法自然地敗北，在不引起騷動的狀況下被那傢伙帶到辦事房間……

布蕾德一臉呆滯地摸了摸自己被揍的臉頰。

「臉……居然揍了我這張俊美的臉……這頭母豬啊啊啊啊啊啊啊啊啊啊啊啊啊啊啊啊啊！我要殺了妳！」

她發出怒吼。

那張臉宛如惡鬼。這就是布蕾德的本性。

那傢伙雖然喜愛女性，但絕非是把對方視為人類傾注愛意。

她只認為女人是方便的玩賞動物。要是不合她的意就會變成這副德性。

為了能夠安全地被綁走，首先得讓那傢伙冷靜下來。雖然有點麻煩，但還是爭取時間吧。

布蕾德也拔劍了。那是神劍拉格納洛克。

【劍】之勇者的【神裝武具】。

那把武器的力量是纏繞光芒。刀身逐漸充滿光芒照亮四周。那道光越耀眼就越是鋒利，而且還能提高身體能力，更進一步強化自我治癒力。

以純粹的劍術技巧來看，【劍】之勇者根本遠遠不及【劍聖】。

然而，技巧上的差距卻會被壓倒性的數值差距和神劍的性能顛覆。

一旦【劍聖】克蕾赫與【劍】之勇者布蕾德交手，恐怕會是布蕾德取勝吧。

我注意對手的架式。

看起來渾身破綻，處處都是漏洞。我就試著主動出擊吧。

我用神速的起步【縮地】一口氣拉近距離，在最短距離下使出突刺。

出招時機就連超一流的劍士也無法閃避。

但我卻有不好的預感。

布蕾德用指尖接下了無從迴避的一劍。

「小姐，妳的劍術頗為出色。不過……要挑戰我還早了一百年！」

不是揮劍，而是用腳把我踹飛。

我放開被布蕾德用手指掐住無法揮動的劍，將力道灌注在丹田。在踢擊生效的瞬間往後跳躲開衝擊。

然而現在位在狹窄的小巷。後面就是牆壁。我用全身使出受身分散衝擊力。

鈍重的痛覺席捲全身……什麼怪力啊。要是正面吃下那一踢的衝擊，內臟大概會有一部分被打爛。

可怕的是，她之所以能擋住我的突刺和技巧完全無關。

只是因為她的身體能力和動態視力都被強化到極限的緣故。神劍拉格納洛克不僅強化身體能力，連動態視力也會一併強化嗎？

【劍】之勇者布蕾德拉近距離。她用的並非是劍術的步法，只是單純用跑的而已。

實在太丟臉了。她使勁把劍揮下。如果看在鑽研劍術的人眼裡，只會認為這根本是莫名其妙。但是布蕾德的劍速超乎常理。就連那種一目了然的一擊，光憑速度就足以構成威脅。

在被她拉近距離前，我從正面射出三根藏在禮服下襬的毒針。然而那是誘餌，真正的殺招

是從死角放出的一根用肉眼難以辨識的透明毒針。

三根被輕鬆彈開，真正重要的那根刺中了布蕾德。

那是連大型魔物都只要幾秒就會喪命，是我為了對上強敵時特別精製的祕密武器。

布蕾德的動作停頓了一瞬間。但是，那傢伙卻露出賊笑。

她用全力往旁邊一蹬，往我所在的位置揮劍一砍，牆壁頓時被劈裂。

明明只是沒有活用腰力，純粹用臂力揮出的三流劍技，卻比我灌注全身力量使出的一擊還來得沉重又快速。

太不合常理了。

「小貓咪，妳對我用了毒藥嗎？可是啊，只要我的劍還充滿光輝，毒就對我沒效喔。因為我比任何人都強。」

……透過劍提高的自我治癒力，就連毒素也有辦法消除嗎？

失去武器的我，從胸口拿出小刀擺好架式。

「從妳的身手和接連射出的暗器來判斷，小貓咪，妳是暗殺者還是間諜嗎？」

「這個嘛，妳說呢？」

超乎想像的怪物。

體會到自己的想法有多麼天真。

在進入戰鬥的瞬間，我曾有過「在這殺了她就太無趣了」這種天真的想法。

然而一旦進入戰鬥，區區的身體能力卻遠遠凌駕我的劍技，暗器之類的也對她不管用。

剩下的希望就是用【改惡】使出即死攻擊，但【改惡】必須要觸碰到對手才能發動，要命中布蕾德想必會費上一番功夫。

如果不擇手段的話，可以把勝率提高到六成左右，反過來說是頂多只有六成，我有四成的機率會被殺。證明布蕾德就是有這麼強……我不能背負這種風險。

乾脆逃走吧。如果只是要逃應該還能設法。

「可愛又有實力的女孩是我喜歡的類型……我會在床上好好地審問妳。也同時要懲罰妳打傷我這俊俏的臉蛋呢。」

哦，本來以為她想下殺手，看來還打算留一條命把我帶走啊。

真是感激。如此一來就有機可趁。

放棄逃走吧。

就按照當初的預定被她擄走。那傢伙雖然很強腦子卻不太靈光。既然她打算把我帶走，就巧妙地誘導她吧。

我故意用手按住搖搖欲墜的腦袋。臉色也開始紅潤，喘著大氣。

……簡直就像是剛才被布蕾德下的藥現在才開始發揮效果似的。

「啊哈哈哈哈，小貓咪。看來藥效總算發作了呢。搞什麼，原來不是無效而是發作得比較慢而已啊。」

「藥……妳到底……在說什麼？」

「我在那杯雞尾酒裡面加了許多會讓妳舒服和想睡的藥喔。」

「卑鄙小人！」

蘊含悲壯感的吶喊，讓布蕾德更加失去戒心。

我演出悔恨又無奈的誇張反應。而且還故意讓動作變得遲緩。

如果藥生效的話這樣的動作就是極限了，這點程度的動作可以讓布蕾德輕鬆地打暈我。

「真是調皮的小貓咪。」

我用小刀刺了過去。緩慢、遲鈍又虛弱，這種丟臉的突刺簡直像在說「請躲開」似的。

布蕾德一邊笑著一邊輕鬆躲開。然後高舉沒有持劍的左手，朝我的肚子揍了一拳。

「咕噗！」

一種悶痛的感覺。這不是演技，而是差點就真的喪失意識。

比想像中還不留情啊。現在的我是少女。居然對少女的肚子做出這種舉動……這也得好好地加算到復仇點數上。

布蕾德抱住我快要倒下的身體，然後揉搓我的胸部，撫摸屁股。

手的動作令人噁心。我都要起雞皮疙瘩了。

「我啊，可是很溫柔的喔。所以才沒有往妳的臉揍下去。難得長得這麼漂亮，要是打爛會害我失去性致。」

布蕾德舔了我的臉頰。

然後作為最後一擊，又朝肚子揍了一拳。

我的意識開始模糊。

……妳竟敢這麼做。這筆帳我絕對會還。我要把那傢伙得意的表情烙印在腦海深處。

我掛念這件事直到最後一刻，失去了意識。

◇

一清醒過來，我躺在一張白色的床舖上。

算是挺豪華的房間。

正當我想移動手臂，發現已經被銬在床上的手銬給銬住，無法自由動彈。

「哎呀，醒得比我預期的還快呢。」

布蕾德喝著紅茶，並對我莞爾一笑。

「這裡是哪裡？鎖鏈？不要，放開我，讓我離開這裡！我要叫人嘍！」

「請便請便，妳叫破喉嚨也不會有人來救妳。真是個讓人頭疼的小貓咪啊。只要肯安分點，我就會好好疼愛妳了。但是對於揍了我這張俊俏臉蛋的調皮女孩，得稍微使壞一下才行呢。」

布蕾德笑著，慢慢靠了過來。

「討厭，不要過來，禽獸！下流人渣男！」

「那就誤會了。我是女人。」

布蕾德脫下衣衫。

全身只剩下內衣的她，露出經過千錘百鍊的肉體。

「妳……明明是女人卻襲擊女人，真噁心！」

「說得真過分啊。一開始大家都是這麼說的。不過，等到我帶領她們進入新世界後，就會改口說和女人做比較舒服。」

明明是仰賴藥物強行帶給她們快感，還真是大言不慚。

「我現在就開始疼愛妳吧，令人傷腦筋的小貓咪。會讓妳非常舒服的。也把妳的事情好好告訴我吧。」

她強行以嘴對嘴的方式餵我吃下可疑的藥物。

這是另外追加的媚藥。

餵我吃藥後就把身體貼了上來，淫蕩地撫摸我的身體，將手伸進裙子裡，然後甚至伸到內褲裡面……

「來，打開全新的大門吧……騙人，為什麼，為什麼會有男人的那個？嘔噁噁噁噁噁、嘔噁噁噁噁噁，骯髒，噁心，嘔噁噁噁噁噁噁噁！我……居然……摸了男人的……嘔噁噁噁噁噁噁！」

一邊把身體壓在我身上，【劍】之勇者不斷地嘔吐。

真是失禮的傢伙。變成凱亞菈的我就連那裡都很惹人憐愛啊。

這個嘔吐女實在很煩，所以我一腳把她踹開。

布蕾德在地上來回翻滾。

順帶一提，今天穿的鞋子裡面準備了一把隱藏小刀，當我用腳踢人時，塗滿凱亞爾葛牌獨門毒藥的小刀便會從鞋尖跳出來。

嘔吐女的腹部開始流血，毒藥開始擴散。

我的毒藥和這女人對我使用的那種低等級毒藥可是天差地別。

一旦擴散開來意識就會慢慢模糊，身體也無法行動自如。

就算是體能好比怪物一般的【劍】之勇者，也會淪落得比正常人還不如。

儘管剛才塗在暗器上的毒會因神劍拉格納洛克的效果被無效化，然而現在神劍並不在她手上。

果然，這傢伙只是純粹很強而已。

明明知道我會使用暗器，卻只因為把我綁了起來就放鬆戒心，不僅沒沒收我身上的物品，甚至沒拿著守護自己的神劍就直接與我正面接觸。

先來還剛才那筆帳好了。我用鍊金魔術破壞手銬。

只要沒有神劍，這種程度的傢伙根本不足為懼。

「真可惜啊。我是男的。妳勾引了一個男人，親吻了一個男人，還碰了男人的那裡呢。」

「騙人，嘔噁噁噁噁噁噁噁噁噁噁噁～～我……我對男人……嘔噁噁噁噁噁噁噁噁噁！」

吐得真是豪邁啊。

這樣也不是辦法，於是我給她看了身為男人的證據，她又吐得更加劇烈了。

「嗚啊啊啊啊啊啊，明明是男人，居然打扮成女人，變態！變態！變態！」

「不，妳才是最不該說這種話的人吧。」

這個女扮男裝的傢伙。

好啦，該開始復仇了。

復仇點數已經儲滿了，還大幅超越了容許範圍。

光是在巷弄就被她揍了肚子兩拳。後來還被摸胸部、屁股，甚至舔臉頰。

她把我身為少女的尊嚴踐踏得一文不值。

所以，我必須要讓這傢伙，見識到最震撼的地獄。

第十五話 回復術士上演復仇遊戲

【劍】之勇者發現我是男人後痛苦地掙扎著。

因為那個極端厭惡男人的臭女人，居然和男人聊得歡天喜地，握住男人的手，和男人接吻，最後甚至還握住了身為男人的證明，會變成這樣也是理所當然。

再加上塗滿毒藥的小刀刺進了腹部，毒素正快速地在她體內擴散。

由於我避開要害，刺傷不會致死。只要過一段時間血就會止住，但是毒素正一步步地侵蝕著她。

而且這裡是【劍】之勇者的辦事房間，這可方便了。

隔音效果相當完善，就算大吵大鬧也不會有人來救她。

「殺了你，我要殺了你！」

布蕾德瞪視我，不過吐得滿身再加上只穿著內衣，實在很沒魄力。

「辦得到的話請便。來，試試看啊。」

我嘲笑她。

那傢伙身邊並沒有象徵著【劍】之勇者的【神裝武具】。

然後我調合的毒素是完全原創，除了神經毒和肌肉鬆弛劑外，還具有讓感覺變得更敏銳的功效。

一旦毒素擴散到全身，首先會失去平衡感，沒辦法好好使力。再來是所有的五官感覺都會變得異常敏感。

雖然我也經常會使用媚藥來享樂，但我根本不想讓這女人品嚐到快感。

得讓她盡情體會到無法抵抗的痛楚，否則我不會善罷甘休。

在第一輪的世界我受盡這傢伙的折磨。拳打腳踢是理所當然，還屢次不讓我吃飯。把我衣服扒光打扮成狗的模樣遛著走，甚至還會強迫我穿上女裝命令我自慰。

這傢伙狠狠地踐踏了我的男性尊嚴。

所以我決定了。首先要讓她強烈地意識到自己是一個女人，然後再踐踏她的尊嚴，在飽受宛如地獄般的痛苦中死去。

「身體……動彈不得，可惡，只要有劍的話……」

是沒錯。在巷弄裡的那場戰鬥，已經證明神劍拉格納洛克可以讓塗在其他暗器上的毒素失效。

真是個笨蛋。居然以為神劍的強大就是自己的實力，過於輕敵讓神劍離手。

「真是可悲啊，【劍】之勇者。」

我踩著那傢伙的頭。

這感覺實在不錯。

「你這傢伙……知道我是【劍】之勇者，還對我做出種粗魯的舉動！」

「嗯，正是因為知道我才幹的。我倒想反過來問妳，為什麼處在這種狀況態度還能這麼強硬？要是惹我不高興，妳馬上就會死啊。看，就像這樣。」

我拔出藏在裙子裡的短刀，放手讓刀掉下去。

那把刀刃切斷了布蕾德慣用手的小指。

啊，剛才的動作不小心把裙子掀得太高了。內褲都被看到了，有點難為情。

「呀啊啊啊啊啊啊啊！我的、我的手指啊啊啊啊啊！」

「哎呀呀，還是下手了。都是因為妳惹我不開心，才會害妳再重要不過的小指沒了。真可憐。沒了那個，妳就沒辦法隨心所欲地揮劍呢。【劍】之勇者也玩完了啊。啊嘻嘻嘻嘻。」

我不由自主地發出笑聲。

小指對於揮劍來說尤其重要。小指有撐住劍的作用，能夠藉此自在地控制劍來打倒敵人。

在這個瞬間，作為「劍士」的她已經死了。

除了我以外的回復術士，沒辦法治癒身體殘缺部位。

「好啦，妳明白自己的立場了嗎？」

「殺了你，我絕對要殺了你！」

「來喔，再一根。」

我撿起小刀，再一次放下。

「呀啊啊啊啊！」

其實我並不想做得太粗暴，但既然用嘴巴說也聽不懂，那只能用讓她用身體記住了。

接下來是無名指。

在她能清楚明白自己的立場前，希望指頭還有剩。

因為這傢伙是笨蛋，我很怕她沒有學習能力。

好啦，繼續下一根，繼續。

◇

「哎啊～～又暈過去了。」

布蕾德翻著白眼失去了意識。她的臉頰上已經有著鮮明的淚痕。

在那之後我隨意地調教了一下。她的腦袋比我想像中還好，在左手失去所有手指之前總算是理解自己的立場。

真丟臉。想不到她會因為這種程度就昏厥過去。這種傢伙居然是勇者，人類的未來實在是一片黑暗。

真希望她能更有身為勇者的自知之明。

好啦，該開始工作嘍。

就這樣結束根本稱不上復仇。我的怨恨根本就還沒有消失。

目前為止只是暖身運動，接下來才是重頭戲。

「【改良】。」

我把凱亞菈的外貌改變為【劍】之勇者布蕾德。

接著開始在櫃子裡東翻西找。

果然找到了。差不多能容納一個人的大背包。

【劍】之勇者偶爾會做得太過火，將綁來的女人錯手殺掉。所以她為了因應那種狀況準備了這樣的玩意兒。

我幫臭女人止血，接著將人塞進背包裡。

這裡恐怕位於騎士團的營地。只要化身為【劍】之勇者的模樣把這個背包帶出去，周圍的騎士們會以為【劍】之勇者又縱慾過度搞砸了，不會特別警戒。

這樣一來就能大搖大擺地離開這裡。

「在那之前，得回收資源利用一下才行。」

我鉅細靡遺地回收金錢、寶石以及值錢的東西。

【劍】之勇者有身為勇者能收到的一筆可觀的獎金，而且她老家是某個名門貴族，經濟狀況非常充裕。反正死人不需要錢，我就代為接收吧。

順便也收下葡萄酒和下酒菜。這是不錯的上等貨。可以期待一下。

「我想要的就是這個啊。」

得到主打商品了。是【神裝武具】。

現在是呈現劍的形狀，這是因為這傢伙在與勇者締結契約時，會變化為適合該勇者使用的武器。

一旦持有者的勇者死去之後就會解除契約，恢復為原本的寶玉模樣。

換句話說，只要【劍】之勇者一死就是我的了。這玩具我可是渴求到無可自拔。

我慎重地用布包起來插在腰間。

好，準備完成。

「出發吧。好啦～她能帶給我多少樂趣呢♪」

再來就是移動到事前準備好的地點，使用我為了復仇而準備的道具。

◇

我提著裝有【劍】之勇者的背包，光明正大地走出外面。

然後朝向貧民區走去。

目的地是襲擊我的那群廢物……應該說我事先準備的重要復仇道具沉睡著的廢屋。

回過神來，我已用鼻子哼著歌。

接下來地獄即將開始。

抵達目的地的我，從背包裡面搬出【劍】之勇者。再把自己的身體【改良】為凱亞菈的模樣。

然後將她隨手扔在被我疊成三層弄昏的那群垃圾面前。

再來，稍微對她的腳動了一下手腳，讓她沒辦法行走。

結束這些動作後我拿出事先準備好的包包，調合了幾種藥物。

完成了不錯的成品。

「這次的主題是『食欲與性欲之間』。」

我把完成的藥劑注射到人渣三人組體內。

裡面還加了喚醒這些傢伙的成分，過個十分鐘就會清醒了吧。

在那之前，必須先向布蕾德說明這次遊戲的趣旨才行。

總之，我先朝布蕾德的肚子踢了下去。

一遍又一遍，直到她清醒。雖然聽見了骨折的聲音以及內臟破裂的聲音，但無須在意。

「咳噗、嘎……這裡……到底是？」

布蕾德清醒了。全身滿是瘀青。剛才一個不小心樂在其中，也踢了不少肚子以外的地方。

我鬆了一口氣，幸好她在被踢死前有清醒過來。

「這裡是貧民區的廢屋。」

「咿！原諒我，我……不會再反抗了，不會再反抗了！」

哎呀，是剛才的懲罰讓她的內心幾乎屈服了嗎？

真無趣。我還以為她會更堅強一點……

算了。就按照預定開始遊戲吧。

「可以反抗我啊。雖然我不知道就憑妳那隻連劍也握不了的手，還有那雙無法行走的腳能有什麼作為。」

一說到這裡，布蕾德才總算意識到無法再自行靠雙腳站立的事實，絕望地扭曲了表情。

我不會同情。這個女人強行侵犯了好幾名柔弱的女性，有時甚至會痛下殺手。

是死不足惜的人渣。

更不能容忍的，是她奪走惹人憐愛的凱亞菈，也就是我的嘴唇，握住男性的象徵。光是殺了她根本難以一筆勾銷。

「住……住手……讓我回去，我什麼都願意做……」

沒想到居然對我下跪啊。

雖然看起來是很愉悅，但我不會這樣就放過她。

「我倒想問問，直到剛才為止我們的立場還是顛倒的吧？如果當時我苦苦哀求的話，妳會願意放我逃走嗎？」

「當……當然啦，我只是……那個，邀約的方式強硬了點，要是你真的不願意那我也不會繼續強迫你。是真的，相信我。」

我不由得大笑了起來。

這是什麼難看的藉口。會用藥迷昏女人帶回房裡的傢伙，居然說對方要是真的不願意的話就不會強迫？

她是不是腦子有問題啊？

況且這傢伙奪走了我的嘴唇，在暗巷玩弄我的身體，在房間握住我男性的象徵。光是這樣就已經構成強姦了。

有必要懲罰這個強姦魔。

「是嗎，要是厭惡的話就會讓我逃走啊？那麼，二話不說就殺掉妳就太可憐了。」

「你……你願意讓我回去嗎？」

「只要通過了我現在要進行的遊戲就放妳走。名字叫『食欲與性欲之間』。」

「遊戲？」

「沒錯，在那裡有三個骯髒的壯漢疊在一起對吧？我給那幾個注射了兩種藥劑。一種是會讓人感受到強烈的飢餓感，甚至會連人類都會直接生吞活剝的藥劑；另外一種則是會引發強烈性欲，直到死為止都會持續擺動腰部的藥劑。因為已經解除了大腦的限制器，他們能發揮驚人的力量。不過，只要半天就會完全壞掉就是。」

【劍】之勇者用驚恐的表情看著那三個男人。

「那麼，接下來要說明遊戲規則了。只要妳到明天早上為止，都能從那群男人手中逃開我就放妳走。不過，憑妳那沒有辦法使力的身體正常來說是逃不了的。我就教妳能夠得救的方法吧。就是展示妳的女人味，假如他們三人的性欲勝過食欲，妳在這段期間就不會被殺。如果是食欲更勝一籌，那妳就會被活生生吃掉。只要以女人的身分滿足他們直到早上就能活下來。很簡單吧？」

「怎……怎麼可能……我要……被那種男人……」

「好啦，還有兩分鐘。看妳要動用女人的武器諂媚男人活下來，還是要拒絕男人被活活吃掉而死，挑妳喜歡的吧。」

布蕾德的身體還受到神經毒、肌肉鬆弛劑以及讓感覺變敏銳的藥侵蝕。沒有手指無法握劍，腳也動彈不得。

她無法對抗那些男人。

這傢伙要活下來的唯一方法，就是捨棄自尊持續地誘惑那群骯髒汙穢的男人。

好啦，這傢伙所謂的自尊究竟會有多麼出色呢？

「哎呀，看來精力劑的藥效太強了。」

那群男人挺起身子，然而眼神中絲毫沒有任何理性，特製的精力劑讓肌肉與雙腿間難以置信地膨脹了起來，就好比是半獸人。

男人們盯上倒在地上動彈不得的【劍】之勇者。

【劍】之勇者的雙腿間滲出了小便。

然後……她一邊哭笑一邊使出渾身解數開始誘惑男人。

脫下內衣褲，用指頭掰開自己的性器。

「不……不要吃我，你……你們看，可以來侵犯我喔，所以不要吃我。」

「喂喂，用那種像男人的語氣不要緊嗎？會被吃喔。」

「咿……咿咿咿！請……請各位疼愛小妹妹。我這邊都溼透了。插進來會很舒服的！」

布蕾德一邊用手指翻攪性器發出水聲一邊吶喊。

聞到了淫亂女人的味道，成為怪物的壯漢們用混雜著獸欲的眼神看著布蕾德。

「啊哈哈哈哈哈哈哈哈！【劍】之勇者居然輕易允許男人上妳啊。被妳一直認為汙穢的下等生物，而且還是最低階的男人！」

討厭男人，卻又模仿男人，假扮成男人侵犯女性的虛偽貴公子，如今只淪為淫亂的母狗拚命誘惑男人。

她的心完全屈服了。那模樣實在是再滑稽不過，令人捧腹大笑。

接著，男人壓住布蕾德。

一口氣將自己雄偉的那話兒挺進。不僅還沒有足夠溼潤，男根又因藥物變得異常肥大，在插入時發出了撕裂聲。

布蕾德一直以來都只享受過女人之間的性愛，看來那裡算是未開發地帶，非常緊。流出血來了。

「好痛、好痛、好痛啊啊啊啊啊啊啊啊啊啊！」

「嘎啊啊啊啊啊啊啊啊啊啊啊啊！」

男人完全無視這種狀況開始擺動腰部。

另一個男人則是把自己的陽具放進她的嘴裡。

然後，第三人咬了她的側腹。

「呀啊啊啊啊啊啊啊啊啊啊啊啊啊啊啊啊啊！」

看樣子，第三人因為沒有滿足性欲的出口，所以選擇以食欲為優先。

布蕾德會就這樣被直接吃掉嗎？正當我這麼想時，她開始用手磨蹭第三人的那話兒。

「哦哦哦哦哦嗚……哦哦哦哦嗚！」

第三人將嘴巴從肚子鬆開。看樣子手交讓他獲得了滿足。

還挺努力的嘛。

那群男人的動作開始激烈起來。然後在布蕾德體內釋放精液，抽出男根。

好驚人的量。光是一發就讓體液從蜜壺滿溢而出，也從嘴裡噴灑出來。讓布蕾德全身都染上一片白濁。

男人們的眼神染上食欲。該做的事做了，接下來就該用餐了是吧。

「不要吃我，不要吃我，還可以……還可以讓你們更舒服的啊啊啊啊啊！」

用空洞的眼神流著眼淚，布蕾德露出自己的性器翻攪出精液。

男人們的性欲好像在千鈞一髮之際獲得勝利。第二回合開始。

是因為在第一次的失敗中學到教訓了嗎？她同時露出後庭，讓那邊也能供男人使用。

布蕾德用嘴巴、性器以及後庭這一切接納了男人。

過去和無數女性交合的那位男裝美女已蕩然無存，如今的她只是一頭可悲的母豬。

「啊哈哈哈哈，白痴。這些傢伙快讓我笑死了。」

好啦，她是否能讓這些男人持續興奮到早上呢？畢竟在第一輪結束時就差點轉為食欲了。

狀況還挺嚴苛的。

我早預料會演變成一場長期抗戰，把酒和下酒菜也帶來了。

就讓我好好地觀賞吧。

因為這是只為我準備的，最棒的表演。

第十六話 回復術士得到短暫的休息時間

早晨來臨。

真是一場讓人愉悅的表演。

沒想到【劍】之勇者居然會努力到那種地步。

不顧體面不體面，只管一味地誘惑男人的模樣真是快讓我笑死了。

雖說努力了老半天，到頭來還是被吃掉。

能夠撐到第五回合就值得讚許了。

因為喪失理性的那群男人太過粗暴，到了最後那副身體已經稱不上是個女人。

變成那樣根本就談不上什麼誘惑了。更何況她的心已經幾乎投降。

所以，溫柔的我就變成芙列雅公主的模樣為她加油。畢竟那傢伙愛著芙列雅公主，崇拜著她。

原本想說會讓她打起精神，結果反而讓她內心徹底屈服，放棄一切被吃掉了。明明以常識來想就會知道是我假扮的，結果她居然還哀求說：「請別看這麼醜陋的我，芙列雅公主」，真是個大笑話。

順帶一提，那三個壯漢被我收拾了。

殺了會三個人結夥襲擊女人的人渣，也算是造福這個世界。

而且，我明明已經在身上噴了那個藥的中毒者會討厭的味道，那些傢伙居然餓過頭忘我地襲擊過來。

換言之，這是正當防衛。

「咯咯咯，啊哈哈哈哈哈哈！啊啊，又成功對一個人復仇了。」

【術】之勇者芙列雅已被我消除記憶，作為奴隸供我使喚。

【劍】之勇者布蕾德則是拋棄自尊諂媚男性，到頭來死於非命。

剩下的只有【砲】之勇者布列特一人。

布列特是肌膚黝黑的肌肉棒子。

還是喜歡正太的基佬。那傢伙也絕對不能留。

為了夏娃，我得收拾現任魔王，與此同時也得仔細追查他的行蹤。絕對要殺了他。

啊啊，我到現在都還被惡夢折磨。那個腦袋不正常的基佬，我一定要用最爛最慘的手段殺了他。

到復仇結束為止還只差一口氣了。今後也繼續努力吧。

好啦，接下來……

「【改良】。」

捨棄暫時相處了一陣子的凱亞菈容貌，恢復為凱亞爾葛的模樣。
換穿上我事先準備好的衣服。
果然還是這模樣最踏實。
回去剎那她們那裡吧。
神清氣爽，心情真好。
況且也拿到了戰利品。就是【神裝武具】。與其含糊地訂下契約，還是等到明確的想法定形之後再締結契約比較好。只為我存在的武器。我將要獲得這最棒的道具。

◇

回到旅社後，剎那和芙蕾雅出來迎接我。
「凱亞爾葛大人，歡迎回來。」
「你的工作還順利嗎？」
「嗯，非常順利。有確實完成我的目的，而且還確實獲得了情報喔。」
雖然我是為了復仇才這麼做，但表面上的目標是收集情報。
我已經把【劍】之勇者布蕾德的記憶仔細窺探過了。
三天後，公主妹妹諾倫將會強詞奪理威脅領主，開始進行大規模的掃蕩行動。

必須在那之前盡可能賺錢。待會兒就立刻去商人卡爾曼那裡確認恢復藥的銷量，交一批新的貨給他。

「快的話，據說三天後這個城鎮就會遭到吉歐拉爾王國的軍勢蹂躪。擁有正義之心的我當然不會坐視不管，我想設法保護這裡。只是這樣一來我們就會成為通緝犯。也先做好逃亡的準備吧。」

一旦我喜愛的這個城鎮遭到毀滅，那我也只能復仇啦。

……尤其是值得信賴又要好的商人卡爾曼被殺的那一天，溫和的凱亞爾葛大人也會搖身一變，成為冷酷的復仇鬼。

「嗯。先去準備。」

「說得也是。得趁早補充許多旅行所必要的物資才行。」

她們倆都已經習慣旅行，能自己設想許多事去行動。

「不過真可惜。你已經變回平常的樣子了呢。凱亞爾葛大人當女孩子的模樣明明那麼可愛的說。」

「剎那也覺得可惜……有點……想被那個模樣的凱亞爾葛大人抱看看。」

芙蕾雅和剎那都一臉惋惜地看著我的臉。

這兩個傢伙也太失禮了吧，我還挺中意凱亞爾葛的這張臉耶。

既然都說到這份上了，那下次我就用凱亞菈的模樣大玩欺負她們的玩法吧。

畢竟凱亞菈並不是直接改變性別，還是會有那根。

「對了，芙蕾雅。這套禮服妳要嗎？」

我取出以凱亞菈身分進入高級酒吧時所需的禮服。

我大概不會再穿第二次了，雖然髒了但洗一洗還是能穿。

對剎那和夏娃來說太大件了，也只能給芙蕾雅。

「那個，我很感謝凱亞爾葛大人的好意……不過胸部……」

聽見這句話後，我望向芙蕾雅的胸口。

嗯。的確是沒辦法。

就算再怎麼硬塞，大小差距實在太大。

「雖然可惜，但就把這件賣掉吧。充其量也只能賺個幾毛錢就是。」

芙蕾雅用依依不捨的表情看著禮服。

不過這也沒辦法。塞不下的東西就是塞不下。

◇

用完午餐後，我帶著夏娃四個人一起出門。

這是為了要準備旅行。

為了要獲取旅行所需的資金，我們先前往卡爾曼那裡。

包包裡面放了用來補貨的大量恢復藥。

只要恢復藥有銷路，他就會連我補的這批貨也一起買下。好啦，銷量到底如何呢？

「噢，我在等你啊，小哥。恢復藥已經全賣光了喔。從早上開始就有實際用過的好幾個傢伙衝過來問還有沒有貨，可真是讓我應對不暇啊。我可是一直痴痴苦等你補貨給我呢。」

「那實在太好了。我有一起帶過來了喔。」

正如我所料，恢復藥似乎非常暢銷。

我拿包包裡的貨物交換了金幣。

只要有了這些，暫時就不會為錢所苦。

當我和卡爾曼談笑風生時……

「哦哦，在這種鎮上居然販賣著一級品的恢復藥，真是令人意外啊。」

一名壯年紳士從背後向我們搭話。

「哦，那位先生，您眼光真好。在這個鎮上只有我們這家有賣這種品質的恢復藥喔。」

我臉色微微發青。

這傢伙是吉歐拉爾王國騎士團來到這個城鎮時，注意到我在監視的超人——【鷹眼】。

現在的他身穿便服，但即使如此依舊是穿著一身有型的紅色衣服。

……最大的問題是，就算在談笑之間我依舊沒有放鬆戒心。可是我居然沒注意到這傢伙靠近。

三英雄似乎是超乎我想像的怪物。

「你就是這恢復藥的製作者對吧？」

就算搪塞也沒用，所以我點頭承認。

「年紀輕輕的實在了不起。真是個本領高超的鍊金術士啊。真希望能把你招攬至我國麾下。畢竟你不僅會用鍊金術，還很擅長偷窺，是個擅長戰鬥的人才。」

我反射性地跳到後面。將手放在劍柄上。

是本能驅使我這麼做。

當時跟他四目相接果然不是偶然。他在那種距離還確實地捕捉到我嗎？

「反應果然不錯。感覺到些許殺氣，一瞬間就進入戰鬥模式。讓我更欣賞你了。在下是騎士特利斯德・奧爾岡。被賜予【鷹眼】的別名。如何？薪水很優渥喔。」

「我拒絕。我喜歡自由自在地旅行。」

【鷹眼】……特利斯德用手遮住眼睛，表現出浮誇的悲傷模樣。

「那真是遺憾啊。先不提那個了，開始辦正事吧。你可以回答我，為什麼要從老遠的地方觀察我們嗎？」

「……我是旅行的鍊金術士。如果有大軍成群結隊地出現在鎮上當然會警戒。」

「嗯，的確合乎邏輯。那我先警告你吧。奉勸你最好不要做出讓人誤解的舉動。否則我們也必須採取相對的應對手段。年輕又有才能的人才是國家的寶物。要強行摘下我也會心痛。」

他的語氣中帶有威脅。

要是正面對決，我沒有自信能取勝。

不，就算是用偷襲的也很困難。他不像【劍】之勇者那樣能看出明確的弱點。

「我會注意的。多謝你的警告。」

「坦率是件好事。商人，可以把恢復藥和提高治癒力的藥劑各賣十個給我嗎？」

「沒問題。」

就這樣，【鷹眼】買完恢復藥後便離去了。

剎那拉著我的衣襬。

「那個人，是很厲害的高手。看著他身體就會發抖。」

哦，剎那看得出來嗎？

「妳認為我和那傢伙誰比較強？」

「要純粹比較強度的話，是凱亞爾葛大人。但是，他有某種深不見底的特質。大概，贏不了。」

「我也有同感。」

光論身體能力，我應該是壓倒性有利。

寄宿在這身上的英雄們的技術，應該是凌駕在他之上。

即使如此，卻沒來由地覺得我贏不了。

實在令人洩氣。

殺害諾倫公主時最大的障礙就是那傢伙。

要在他的護衛下殺害諾倫公主，似乎得煞費苦心啊。

然而我非做不可。她很可能就是襲擊我故鄉的真正幕後黑手，而且又是打算將我漸漸喜歡上的這個城鎮燒燬的邪惡化身。

充滿正義感的我不能坐視不管，要是讓那傢伙活著，就會不斷有悲劇重演。

離他們開始行動還有三天時間。在這段期間好好想想各種手段吧。

比方說，借用行蹤不明的【劍】之勇者的外貌或許也不錯。

如果是那個女人，應該能輕鬆混進對方的中樞吧。

……總而言之，待會兒再來思考好了。

「卡爾曼，謝謝你。這樣就籌備好旅費了。」

「小哥，我才要感謝你啊。多虧你讓我大賺一筆。明天也麻煩你來補貨嘍。」

「當然。」

我和卡爾馬道別。

好啦，既然經費到手了，就先來大買特買吧。

「凱亞爾葛大人，那間攤子在賣的串燒好像很好吃。」

「更換用的內衣褲有點不太夠，希望你能幫我買一些……」

「說好要買的小刀要記得買給我啊。那邊有一把可愛的。」

剎那她們各自找到了自己想要的商品。

好不容易把收拾【劍】之勇者這個大事業完成了。

至少今天就悠哉地享受吧。

然後從明天開始，我就要成為狙擊新目標的獵人。

第十七話 回復術士與【神裝武具】締結契約

「剎那、芙蕾雅還有夏娃。我要在裡面的房間集中精神，絕對不准進來。」

「嗯。知道了。剎那會乖乖待著。」

全裸躺在床上喘著大氣的剎那面紅耳赤地回應我。

直到剛才為止，我都在盡情疼愛剎那和芙蕾雅。

抒發之後整個人神清氣爽，讓我想到了好方法。煩惱的時候最需要來一發。

我意氣風發地走進了裡面的房間。

然後專注精神。

接下來要與【神裝武具】締結契約。

由於【劍】之勇者死亡，【神裝武具】已經變回原本的紅色球狀寶玉的模樣。

在這個狀態下無法當作武器來使用。要與勇者締結【契約】，【神裝武具】才會讀取持有者的心思，幻化為期望的姿態。

締結【契約】的方式是用空手握住寶玉即可。

比方說【劍】之勇者獲得了豪華的裝飾劍——神劍拉格納洛克。

反映了那傢伙喜歡大排場的性格，上頭有著豪華又引人注目的裝飾，而且那把劍並非只是鋒利，甚至不會折斷、不會彎曲，刀刃也不會缺損，還可以使出概念般的斬擊，作為一把理想的劍顯現於世。

比方說，【砲】之勇者雖然是個老粗，卻獲得充滿功能美的白銀大砲——神砲塔斯拉姆。漂亮地反映了他重視功能性，符合老手風格的想法。最大的特徵就是會無限供給子彈。

比方說，【術】之勇者那把用世界樹製成的神杖瓦納爾甘德。是符合她喜好，典雅又有品味的法杖。

原本法杖會根據材質而存在著適合的屬性與不適合的屬性。然而瓦納爾甘德為了活用身為四大屬性魔術士芙蕾雅的力量，與所有的屬性都非常契合。而且在魔力收集力以及演算效率方面也非常優秀。

【神裝武具】會變成持有者期望的武器。

反過來說，要是有錯誤的期望就會平白浪費難得的【神裝武具】，況且只要持有者不死也無法解除契約。

所以，我一直都盡量避免用空手觸摸並隨身攜帶，等待對我而言最棒的武器形象定形的那一刻到來。

「其實還真希望再稍微仔細考慮一下啊。」

但目前的狀況由不得我這麼做。

【鷹眼】。那個男人很危險。

在三天後的襲擊開始前，一定得取得【神裝武具】。

我所盼望的武器形象大概定形了。

「我的期望……那就是對過去藐視我的傢伙進行復仇。為此我需要的就是強悍。強化我的【恢復】之力，得到只屬於我的強悍。而且還絕對不能死。一旦死了就無法復仇。我怎能在沒復仇成功前就死。」

還沒，我的復仇還尚未結束。

我需要強大。而且也想要能活下去的力量。

儘管攻擊力只要靠【改惡】就足夠了，但這個肉體的強度並不高。

雖說無論任何傷口或疾病我都能【恢復】，然而一旦被人偷襲，最糟糕的狀況就是很有可能連【恢復】的機會都沒有肉體就遭到破壞。我想要消除這個缺點。

我想要蹂躪，不想死。

深深地祈求。

為了要實現這個願望，我想像了具體的形狀。

對我這個不像回復術士的回復術士，最適合的武器。

清楚地浮現在腦海裡了。我的全新武器的形象。

「好了，締結契約吧。」

我傾注所有思念，脫下手套握緊呈現血色的寶玉。

熱量與魔力令人生疼地傳達了過來。

還不只如此。

有某種存在正朝向我的靈魂低語。

……真不愧是【神裝武具】。原來是持有意識的武器啊。真有意思。

「汝渴求我嗎，【癒】之勇者啊？」

「嗯，把你的一切交出來。盡我所用。」

我往靈魂裡灌注力道。

用意識去回答意識之力。

何等強大的存在。讓我渾身都在顫抖。

「詢問身為勇者的汝。有拯救世界的覺悟嗎？」

的確是「很有那種風格」的問題。

我露出了猙獰的笑容。

拯救世界的覺悟啊……那還用問嗎？

「當然。」

這並非胡說八道。

我愛著這個世界。

最喜歡能按照自己的期望，度過有趣又歡樂自在人生的這個世界。
最喜歡和可愛的剎那以及夏娃一起生活的這個世界。
所以，一旦這個世界陷入危機，要我拯救也未嘗不可。
我的世界不由我自己來保護那怎麼行？
「那麼，吾為了完成職責，就把力量借給汝吧。」
怦咚。
心臟劇烈地跳動。
那聲音變得越來越大。
有股力量流竄進來。與我體內的【勇者】之力產生共鳴。
「這就是……【神裝武具】。」
真狡猾啊。【劍】之勇者那幫人傢伙，居然被授予了這種力量。
這股高亢的熱度實在舒服。就算不觸碰那個，光憑這股快樂就幾乎高潮。
「汝對吾所求為何？」
「我期盼的是蹂躪以及不死。來吧，變成我所期望的模樣。」
我把力量集中在握住紅色寶玉的手上。
靈魂隨之重疊。
紅色寶玉發出了更加劇烈的光輝，變得更加炙熱，最後碎裂。

碎裂的寶玉化為粒子狀匯聚，逐漸變化了形狀。

它從彼此連結的靈魂中讀取了我的想法，正在改變為我期望的模樣。

最後劇烈的光芒消失，為我而重生的【神裝武具】顯露出真正面貌。

那是手甲。

上頭裝飾著寶石，雕刻著精細徽章的白銀手甲。

特徵是前面有個細長裂縫。這將發揮重要的功用。

「吾從今以後將成為【癒】之勇者的武器。名為神甲蓋歐爾基烏斯。千萬別忘了。」

「嗯，我怎麼會忘呢。神甲蓋歐爾基烏斯。你是我的了。」

神甲蓋歐爾基烏斯。

只屬於我的武器。

沒辦法停止笑意。

啊啊，我一直很想要【神裝武具】。

這樣我就成為真正的勇者了。

聽不到蓋歐爾基烏斯的聲音了。好像是因為事情辦完而陷入沉睡。

「拜託你啦。我會充分使用你的力量。為了我的世界。」

我將蓋歐爾基烏斯裝在手上。

在那一瞬間產生了猶如針刺般的疼痛。是因為蓋歐爾基烏斯的內側伸出了肉眼無法辨識的細小針頭，我是被那個刺到了。

這樣神經便與手甲連結。

我現在能理解蓋歐爾基烏斯的一切。它確實地搭載了我所盼望的功能。

首先是基本性能，它能吸收存在於自然界的魔力……並覆蓋在身上形成自動防禦功能。

而好戲還在後頭。我關掉自動防禦功能，取出小刀朝右手臂砍了一刀，瞬間血流如注。

傷口在一瞬間就被治癒了。

「真了不起。這樣我就死不了了。」

它搭載著最為核心的【自動恢復（Auto Heal）】。

這是與我的神經連結，當有生命危險時就會強制使用【恢復】的功能。

只要有這個，就算受了致命傷，被剝奪意識，還是身體中毒連一根手指頭都動彈不得，只要還活著我就能治癒自己。

除了即死攻擊以外，只要魔力沒有耗盡就有辦法應對。

「要在這裡測試攻擊方面的能力是有點不妥，但至今的【改惡】是必須接觸到對手才能使用，今後就不一樣了。」

然後，還隱藏著另一個功能。

那就是這個前方的細長裂縫。

這和其他兩種功能不同，是為了攻擊而存在的能力。

真期待使用這功能的那一刻到來。

「呼哈哈哈，比我想的還棒啊。【神裝武具】。」

沒想到居然會如此優秀。

只要有這個，就算對上那個【鷹眼】也不會那麼費勁了。

好啦，事情辦完了。

我必須先做好準備，好迎接三天後即將發生的慘劇。

況且，也得去卡爾曼介紹的那間店享用晚餐才行。

那麼優質的店家，要是不趁還能享受的期間好好利用就虧大了。

和剎那她們一起盡情享受吧。

「真希望能盡情享受這傢伙性能的機會快點來啊。」

我這樣說完，輕輕地撫摸了蓋歐爾基烏斯。

這傢伙第一次上戰場的那天就快到了。

到時就讓它吸血吸個夠吧。因為這傢伙也是如此期盼。

我放聲大笑，回到三人等著的房間。

這傢伙害我亢奮起來了。得抱抱女人來鎮靜下來。雖說剛剛才充分地疼愛過她們，是有點不好意思，但還是讓剎那她們再加把勁吧。因為這股興奮讓我慾火焚身，無可自拔啊。

第十八話 回復術士對諾倫公主的暴行感到痛心

取得【神裝武具】的我，潛入了公主妹妹率領的聖槍騎士團內部。

我替換成看守的一名騎士的長相進去探查情報。

目的是收集情報以及為了勝利預先做好準備。

【劍】之勇者失蹤一事果然造成了很大的騷動。

吉歐拉爾軍在布拉尼可郊外撐起營帳設好了陣地。

儘管公主妹妹和一部分高階將校都住在迎賓用的旅社，但大部分都在這裡生活。

王國正拚命地搜尋【劍】之勇者。若【劍】之勇者只是失蹤那還好，萬一是遭人暗殺，就代表敵方陣營存在著足以殺死【劍】之勇者的怪物。

勇者們具有壓倒性的戰鬥力。

單一個體就足以匹敵一個師團。換句話說，假設要與殺得了【劍】之勇者的怪物交手，至少就必須要準備一個師團才合乎計算。

「喂，哈里斯。到換班的時間了。明天還要早起，快點回去休息吧。」

「那我就恭敬不如從命了。」

好啦，差不多該是我幹活的時間了。

現在的我化身為上級騎士哈里斯．克利魯頓。

雖然有考慮過扮成【劍】之勇者布蕾德回來，但消失了整整一天，遭到懷疑的風險很高。

所以，昨天在我中意的酒館正好有個喝醉酒鬧事的笨蛋騎士殿下，就好好地利用了一下。

……這傢伙居然伸手想摸剎那的屁股。

敢調戲我的所有物（玩具），可以說滿有膽識的。

我當然是把他的手直接拍掉，但他卻惱羞成怒打了過來。雖說稍微用力過度把他的手腕折斷了或許是我不對，但他是自作自受。

明明如此，他卻更為光火連劍都拔出來了。真是個莫名其妙的人渣。

所以我就不小心用掌底打中他的下巴，把頸椎都給打斷了，但這算是不可抗力。

他唯一能評價的地方，就是身上攜帶了不少值錢的東西。

這些是對死人沒必要的東西，所以我回收起來充當旅費。

現在我取代了這個哈里斯，像這樣潛入了聖槍騎士團的陣地。

好啦，幹活了幹活了。

「可不能和這種數量的對手正面硬碰硬啊。」

潛入敵陣後的我重新認識到這點。

身為正義一方的我確實是想從公主妹妹手中保護這個城鎮，但敵方數量實在太多。

以實際一點的策略來說，就是讓他們與布拉尼可的守備隊正面衝突，等戰力削減產生混亂後我再趁虛而入，但以現狀來說就連那樣也很困難。因為聖槍騎士團太強了。以這個城鎮保有的戰力，大概一瞬間就會遭到潰滅而結束。

所以我要稍微動點手腳。

既然敵人太強，那只要讓他們變弱就好。

我打量了幾個人後用【恢復】奪取記憶，掌握了存放軍糧的位置。

在戰爭中，瞄準敵方軍糧是基本戰術。

至於看守，我已經讓他們好好睡上一覺了。

「上場嘍，凱亞爾葛牌特製藥劑。這是調合了滿滿魔物毒素的遲效性版本。來，讓你們見識何謂地獄吧。」

使用速效性的藥劑頂多只會毒到一開始的幾十個人就東窗事發，無法有效擴大受害範圍。但遲效性藥劑會讓他們更晚察覺，到時災情就會擴大到一發不可收拾的地步。

所以我準備了一種經過半天只會覺得身體不舒服，過了一天後就會飽嚐地獄痛苦的藥劑。事情順利的話，藥效正好會在戰爭開始時發作。雖然遲效性的藥劑多少會削弱威力，即使如此也足以讓人全身疼痛，彷彿腹部被翻攪一樣慘叫不已，下半身噴發出大洪水，演出一場愉快的表演。

「哼哼哼♪要設陷阱果然還是得選葡萄酒呢。」

在行軍時通常都會攜帶葡萄酒，這是因為葡萄酒和水一樣不容易腐爛，而且還具有提高戰士們士氣的效果。如我所料。這裡儲備了滿滿的葡萄酒桶。

而根據吉歐拉爾王國的傳統，多半會在大戰前夕款待士兵，藉此鼓舞士氣。

調查用【恢復】奪來的記憶後，已確認過連聖槍騎士團也有著這樣的習慣。

眼前擺放著剛才提到的葡萄酒桶。

「根本是隨便我下毒嘛。」

快點搞定這工作吧。

我打開葡萄酒桶的瓶口，稍微傾斜藥劑瓶。滴個兩三滴就足夠了。再多幾滴可就稱不上遲效性。

只要用鍊金術士的技能提煉魔物毒素，就能製成如此強力的毒藥。

「要滴進全部的酒桶裡面大概得花兩個小時吧。」

畢竟這裡人數眾多。酒桶的數量超過一百桶。況且糧倉還不只這一處。

必須繞好幾個地方才行。

我努力不懈地把毒素滴入所有的酒桶。

「藥劑的量也抓得剛剛好啊。」

◇

畢竟是使用魔物毒素，數量確實準備得有些不夠，但最大的原因還是酒桶的儲備數量超乎想像。

不過，我已經仔細地把毒素滴在所有的酒桶裡了。

一想到在戰場上因為肚子疼痛滿地打滾，拉得屎尿滿地的那些騎士的醜態，再麻煩我都甘願。雖說是最強的騎士團，也沒辦法拉著肚子還能正經八百地戰鬥。

差不多該跟這裡告別啦。

要是能直接去襲擊公主妹妹是最佳選擇，但公主妹妹和高階將校待在鎮上。

真要說的話，諾倫公主根本還沒成為我的復仇對象。在這個時間點襲擊她有違我的原則。

更何況透過這次收集的情報，也得知【鷹眼】隨侍在諾倫公主身邊。

我不想跟那個碰面。那男人搞不好會看穿是我改變了樣貌。這樣一來，費盡苦心設下的毒酒妙招也很有可能穿幫。

雖說只要殺了他就沒有問題，現在的我有了【神裝武具】，十之八九應該會贏。但反過來說，也有一到兩成的機率會輸。

透過兩次的對峙我已經明白了。那傢伙的強悍在於那對眼睛。並非只是視力優秀。那是甚至能看穿肌肉細微動作的觀察眼。堪稱異常的動態視力。然後，再加上能活用那種駭人視力的超人般反射神經。

不過那同時也是那傢伙的缺點。

看得太透徹的眼睛會帶給身體過大的負擔。不適合進行長時間戰鬥。一旦己方軍因為拉肚子陷入苦戰導致戰線崩壞，那傢伙也不得不上前線支援。到時就可趁他疲於奔命的時候下手。

那傢伙終究也是人類。一旦喝了特製葡萄酒搞壞肚子，又得身處居於劣勢的戰場上搞得精疲力盡的話，我就能不費吹灰之力收拾他。

我露出得意的笑容，離開糧倉。

◇

那些傢伙要襲擊城鎮的這一天終於到來了。

我已事先退了房間。既然【鷹眼】在懷疑我，自然有必要變更據點。

我們後來借住在某間民宅，現在所有人都全副武裝從窗戶觀察鎮上的狀況。

吉歐拉爾王國馬上就有所行動了。

騎士們成群結隊，以全副武裝現身。

所有居民都充滿戒心地從窗戶內觀察狀況。

好了，你們會怎麼行動呢？我也靜靜地觀察著這一切。

在王國軍的前方有一台金碧輝煌的馬車。

也不知是什麼構造，馬車的推車部分突然敞開，形成了一個舞台。

真是有意思的馬車。待會兒可能的話就把它回收吧。

站在舞台上的美麗少女，有著和芙列雅公主一樣美麗的桃色秀髮。正氣凜然又惹人憐愛，同時又非常高尚，是一種矛盾的存在。

那個人就是和姊姊不同，生來不具特別的力量，僅憑她那卓越的頭腦就掌握了王國實質權力的天才——諾倫公主。

「各位，請聽我說。我們是為了要拯救被魔族支配的這個城鎮而來。魔族將人類當成家畜使喚，不僅啜飲人類的鮮血還不滿足，甚至還打算將魔爪伸向其他城鎮，在這儲備實力。」

是用了擴聲魔術嗎？聲音十分響亮。

不過還真是胡說八道啊。

這個鎮上的居民會獻出血液，不過是為了減輕課稅的自主行為罷了。

更何況正是因為遭到吉歐拉爾王國見死不救，布拉尼可才選擇與魔族和平共存，設法讓這個城鎮獲得了和平。事到如今根本輪不到外人說三道四。

「囉唆！我們處得很好！根本沒人拜託你們來救我們！」

一名居民走到了馬車前面。

我看過那個人。記得是賣蔬菜給我的大叔。

還以為他在狂牛族的襲擊中死掉了，原來還平安活著啊。

大叔這樣叫囂後，不斷有居民出來連聲附和。

「魔族也是好客人啊！」

「他們還辦得到人類無法做到的事耶！」

「外人別多管閒事，滾回去！滾回去！」

不知不覺間已經聚集了三十人，不停喊著叫他們回去。

看到這一幕的諾倫公主嫣然一笑。然後高舉右手……向下一揮。

與此同時，騎士們拔劍展開突擊，將聚集在馬車前面的人類趕盡殺絕。

「真是太可怕了！這些人已經遭到魔族的洗腦。啊啊，為何會做出如此過分的事呢？不光是用恐怖支配人心，甚至還藉由洗腦奪走他們的心靈……」

用演戲般的口吻和舉止，扮演一個悲劇的女主角。還敬業地讓眼角泛著淚光。

「不過請各位安心。接下來我們將執行正義。就是把魔族趕盡殺絕，拯救這個城鎮。我們殺的是魔族。另外，也會幫忙把遭到洗腦的人類一併殺掉拯救各位。」

楚楚可憐的少女用小巧玲瓏的嘴唇說出了不得了的事情。

這傢伙居然以正義自居。以我的經驗來說，會說自己是正義的傢伙沒一個是好東西。不管怎麼看腦袋都有問題。精神正常的傢伙根本不會這麼不知羞恥地使用正義這個詞彙。

「那個，各位都沒有被洗腦對吧？應該不會反抗我們，不會包庇魔族對吧？畢竟都是人類，一般來說理應協助我們才是！如果不是的話，就是遭到洗腦的可憐人類，只好殺掉來拯救你們了。我再重複一次。各位，你們應該沒有被洗腦對吧？」

楚楚可憐的少女愉悅地笑了。臉上的表情就像在花圃和小狗嬉戲似的天真無邪。

這傢伙，根本就瘋了。

她很清楚根本沒有人遭到洗腦。

這是在威脅人類。不肯協助的話就殺了。

而剛才被殺的人是用來殺雞儆猴。

要是看到那種光景，任誰都會選擇獻出魔族來保護自己。

然後，出賣一起生活的魔族之後，人類就會背負著罪惡感，為了要從犯罪的意識中逃脫，之後就會提出證詞說自己遭到魔族的壓榨。

到時候，諾倫公主的所作所為就會被正當化。名符其實地從魔族手中拯救人類而受到世人讚賞。

這就是諾倫公主的做法。

絕對不能原諒。這種野蠻的行徑，我這個真正的正義伙伴【癒】之勇者豈能坐視不管！

什麼執行正義啊？讓妳見識何謂真正的正義。

我看著外面的景象並握緊拳頭。

「那個大叔的店我還挺中意的啊。哦，還有其他幾個中意攤販的店長，那邊的道具店大姊也被殺了。他們是會給我折扣的好人耶。嗯，點數挺高的。復仇點數順利地累積上去了。」

畢竟我在這個鎮上生活了好一陣子，還認識了不少人。看到熟人被傷害實在於心不忍。

在諾倫公主的命令下，騎士們陸續襲擊魔族。

戰鬥變成了一面倒的狀況。儘管魔族也有試著抵抗，但聖槍騎士團實在太強。雖然動作有些許遲鈍，但毒素好像還沒有完全擴散到全身。

又有一個魔族犧牲了。我不由自主地放聲大喊。

「卡爾曼！」

卡爾曼的商店遭到襲擊。

然後，他倒在凶器之下。已經……沒救了。

「怎麼會……他明明是我在這個鎮上交到的第一個朋友，明明是個好人啊！為什麼那傢伙非死不可啊啊啊啊啊啊啊啊！不可原諒，不可原諒啊啊啊啊！我絕對不會原諒這種事！為什麼？因為我朋友被殺了啊！」

這樣我總算能開始復仇。

失去朋友讓我痛哭流涕。接著，我擦拭淚水，準備執行真正的正義。

感謝你為我而死啊，卡爾曼。你的死不會白費的。

然後……一旦我抓到諾倫公主搜尋她的記憶，發現她真的就是襲擊我村莊的幕後黑手，到時……

「事情可就無法收拾了。故鄉和朋友，她同時奪走了這一切，一般的復仇可沒辦法了事。」

我不會讓她死得那麼容易。

我允許【劍】之勇者去死，但諾倫公主，我不准妳死。妳得用一生來償還這筆債。

讓她和芙蕾雅一樣成為我方便的玩具吧。把她那樣的頭腦放在身邊應該還挺方便的。再說還有姊妹丼啊，而且還是高貴的公主姊妹丼，感覺相當美味呢。下半身不由自主地變得非常有精神。

好，該上了。從現在起，就是拯救世界的【癒】之勇者英雄故事。

染上絕望，成為地獄的布拉尼可，就由我來拯救。

第十九話 回復術士扭轉局面

我和剎那等人開始採取行動。

每個人都披著長袍隱藏自己的面貌。

我們按照預定，躲入事先就用鍊金術操作土壤做好的地下室。畢竟夏娃是貨真價實的魔族，雖說剎那是亞人，但我不認為那些傢伙會做出區別。兩人都被襲擊的危險性相當高。

出乎我意料的是，他們一大早就發動了襲擊。

我以為還會再晚一點。也因為這樣使得滴在葡萄酒裡面的毒還沒完全生效。

雖然我有仔細確認士兵喝下了毒葡萄酒，但這下有必要爭取時間。

要襲擊諾倫公主，至少得等到毒素發作，等王國軍弱化與魔族陷入混戰再說。在那之前先在地下室等待時機到來。

可以預想到的最糟事態，就是這個鎮上的領主已倒向吉歐拉爾王國那邊。

他也有可能為了只讓人類生存而選擇出賣魔族。

一旦發生這種狀況，整個城鎮都會獻出魔族，戰況連一瞬間都不會陷入膠著。

不愧是我最為忌憚的女人。

光憑在戰爭開始之前的演說，就能營造出這樣的狀況。

「凱亞爾葛大人，怎麼了嗎？」

我在地下室的入口前停下了腳步。腦裡浮現著剛才從窗戶看到的光景。

就是在這個城鎮認識的人們遭到襲擊的光景。

正打算走入地下室的剎那等人一臉擔憂地看著我的臉。

「我稍微去辦點小事。妳們先在這裡等我。」

關上通往地下室的入口，我朝著鎮上飛奔而去。

……既然諾倫公主做出了我意想不到的行動，一味按兵不動是不行的。

得因應現在的狀況做出對策。

◇

依當初的計畫，是打算等到滴在葡萄酒裡面的毒素生效前一直躲在地下室。

然而，諾倫公主一大早就展開行動，而且還透過演說，束縛了居住在布拉尼可的人類的心。再這樣下去，毒素都還沒發作戰爭就要結束了。

既然得做出對策就必須先掌握現狀。我沿著牆壁衝上附近最高的建築物，用【翡翠眼】確認整體戰況。

鎮上依舊沒變，魔族正遭到騎士們的蹂躪。比我想像中還要更加一面倒。果然。現在不是悠哉說什麼要潛伏在地下室等毒素發作的時候了。

我想到了一個好主意。

在這種狀況下，只要巧妙使用芙蕾雅說不定就能扭轉局面。

不過光靠這個計策就夠了嗎？在使用芙蕾雅的作戰進行之前，還想要再採取一個對策。在這種狀況下，有效的就是引起騷動盡可能削減敵方戰力，好將戰力分散。

採用這個方針是沒問題，但得想出具體的手段執行。

就在這個時候。多送我蔬菜的那個魔族商人遭到騎士們追殺時摔了一跤。騎士露出賊笑，並刻意緩緩舉劍接近他。

眼前的商人和被殺的卡爾曼身影重疊在一起。

在下一瞬間，我已從建築物飛奔而下，衝進騎士和商人之間擋下這劍，並反砍對方一刀，貫穿鎧甲較為薄弱的喉嚨。

「小哥……你明明是人類，為什麼？」

「這是為什麼呢？」

真不像我，在思考之前身體就動了起來。

「你這傢伙……到底是什麼人！」

「是被魔族洗腦的人類對吧，就用殺來解放你！」

「肅清！」

殺了一個人後，騎士們接二連三地殺了過來。

我開始全力驅逐這些傢伙。

……不過這樣會很累啊。就算一殺再殺，他們還是會叫增援過來。

就算在這種地方救了幾個魔族，也不會對戰況造成直接影響。

但這樣也不壞。

即使現在有好幾十名騎士一起襲擊過來，也沒有無法擊倒的特級戰力。而且若是出現不在諾倫公主計畫之中的異類，諾倫公主也非得派遣相符的戰力應對，一旦她懷疑有第三勢力存在，就非得慎重行事不可。

應該能多少爭取到一些時間吧。

我開始殲滅接二連三出現的增援。

回過神來，已將周圍的騎士一掃而空。

活下來的騎士開始逃走。應該是認為以這裡的戰力就算呼叫一些增援過來也無法抗衡吧。

這樣就行了，若是沒人通知諾倫公主這裡有個會構成威脅的存在，這個行動就失去了意義。

我握緊拳頭。

剛才的確是想引起騷動。但是正當我思考要採取什麼手段時，就為了救那名菜商而行動，那並非是經過計算才這麼做。

只要走錯一步，說不定就會造成完全不同的結果。

此時在遠處觀看剛才戰鬥的魔族們聚集了過來。

「小哥，謝謝你。居然為了我們……」

「再來店裡光顧啊。下次會多送你一些東西的。」

「啊啊，你是救命恩人啊。」

收到了感謝的話語，但是我的腦袋一片混亂。明明想回應，卻想不到適當的詞彙。

我只是輕輕地點了頭，便轉過身去。

我並不是要救人……沒錯，一定是那個菜商進入視野的瞬間，我靈機一動想到要在這引發騷動才讓身體動了起來。肯定是這樣沒錯。

我切換頭腦的思緒。

現在不僅收集到情報，也做出適當的對策，讓諾倫公主放慢進攻步調。

再來是芙蕾雅……運用【術】之勇者芙列雅公主進行下一步作戰。

◇

晚了剎那她們一段時間後，我也走進地下室。

「抱歉，事情已經辦完了。」

大家很擔心突然飛奔出去的我。

隨便找了一個藉口，開始思考接下來的作戰。

「凱亞爾葛大人，你認為外面情況如何？」

剎那開口詢問。

「魔族叫來了魔物正在徹底抗戰當中，但情勢對他們非常不利。」

就算個體戰力更勝一籌，但對方可是正規軍。不僅個個都是實力派，還能透過有效率的聯繫作戰將力量提高數倍。

相較之下，魔族這方並不會彼此配合，只是各自為戰。到時肯定會被逐一擊破。

布拉尼可好像也有常備軍，但成員幾乎都是人類。

他們是否有反抗吉歐拉爾王國的氣概也是個疑問。

……應該沒有吧。要向同族的人類挑起戰爭需要莫大的覺悟。

更不用說對方還有個楚楚可憐，被視為英雄的諾倫公主。

最關鍵的是，人類就算什麼都不做，只要不顧魔族死活就不會喪命。

這樣當然沒辦法戰鬥，就算能挺身而戰士氣也是低迷到谷底。

不設法扭轉這個局面，吉歐拉爾王國的勝利就是堅如磐石。

正因如此，我要以芙列雅公主這張牌顛覆戰況。既然對方使用公主，那我們也使用公主。

諾倫公主的計策可說是完美無瑕。要打破她的計策就只能動用她意想不到的棋子。

「芙蕾雅，我有些話要跟妳說。」

「什麼事，凱亞爾葛大人？」

「我希望……妳能帶給大家一些勇氣。」

為了爭取時間好讓吉歐拉爾兵的毒素發作，現在只能不斷打出對策。

雖然有點危險，但是不入虎穴，焉得虎子。

◇

～諾倫公主專用馬車內～

「報告戰況。」

諾倫公主向部下詢問戰況。

「是！魔族和魔物的抵抗相當激烈，但是正順利地擊破當中。」

「是嗎，那領主的反應呢？」

「目前依舊沒有收到回應。」

「出乎意料地頑固呢。因為他好像很優秀，我已經說在他投降之後會大方地把國境另一邊的城鎮交給他治理，難道他就那麼喜歡骯髒的魔族嗎？」

諾倫公主一臉乏味地嘆氣說道。

這場戰爭的勝敗，早在自己發話的那瞬間……不，在開戰前就已經注定了。

對諾倫公主而言，打一場不確定是否能贏的戰爭可說是愚昧至極。

備齊必勝的條件，在戰爭前就確定勝利。那才是軍師的工作。

「算了。反正很快就會結束。雖然是個派得上用場的男人，但替代品要多少有多少。」

一旦讓囉唆的魔族閉上嘴巴，就能立刻處分殘黨。

袒護魔族的布拉尼可領主一族也要一同肅清。

得告訴他們反抗吉歐拉爾王國會有什麼樣的下場。

「神祕的劍士呢？」

「在東方區域引發衝突後，就再也沒有現身。」

「在這種局面出現預料外的異類，真令人在意……加派人手。絕對要把他找出來。」

「是！」

諾倫公主在意僅僅單獨救援，就能砍倒數十名騎士的那名劍士的存在。

雖說他的實力會構成威脅，但實際上以整體戰爭來考量，只是微不足道的問題。

不過，諾倫公主從那名劍士身上感覺到了某種特質，讓她有非常不祥的預感。甚至讓她在猶豫是不是要派出身為王牌之一的【鷹眼】將他擊潰。

「……公主。有件令人在意的報告。」

「什麼事？」

「身體狀況不佳的士兵非常多。」

「能戰鬥嗎？」

「是！不會對戰鬥造成任何影響。」

「那就好。反正一天就會結束了。等戰鬥結束後再讓他們好好休息。」

這樣說完後，諾倫就失去興趣。微傾酒杯。

酒杯裡倒的是果汁。

她不喝酒。儘管在吉歐拉爾王國十二歲就允許飲酒，但諾倫公主討厭酒的苦味。然而卻因此救了她。

和大人們不同，像她這種沒有抵抗力的小女孩一旦喝了毒酒，現在早已悽慘地吐出各式各樣的東西了吧。

她身旁有【鷹眼】隨侍在側。

由於公主的演說是必要策略，所以諾倫公主才會來到最前線。

但她原本應該待在後方。為了消除護衛上的風險，在她身旁配置了最強的【鷹眼】。

原本【劍】之勇者應該也要在場，但她卻被某人收拾掉了。

諾倫公主判斷她可能中了美人計。

【劍】之勇者的戰鬥力甚至在那個【劍聖】之上，是超乎規格的存在。

正面對決絕不可能落敗。然而那樣的她卻有弱點。那就是沉溺於女色。只要能針對這點對付她，甚至有可能將她殺害。

諾倫公主如此假設後試著派人調查，屬下回報說發現她迷戀上一個女人，還把人帶回到床上去了。

十之八九是被那個女人所殺，諾倫公主如此推理。

而這的確切中核心。

「雖然很在意報告中提到的劍士，但大勢已定。再來就只是時間的問題了……那，好像已經沒有我的工作了，該怎麼排解這鬱悶的感覺呢？」

諾倫公主打了個哈欠。

明明還在打仗，卻感覺不到恐懼和不安。這也是她的才能。

然而，在下一個瞬間她就瞪大雙眼站了起來。是因為聽到了聲音。

那是她最厭惡又最喜愛，明明鄙視卻又默默憧憬的少女的聲音。

不可能會在這種地方聽到才對。

那聲音不可能出現在這裡。

那聲音……是第一公主芙列雅發出的。

「姊姊……為什麼會在這裡？」

諾倫公主瞪大雙眼，打開窗戶看向外頭。

結果，芙列雅公主的臉藉由風魔法映照在天空之中。

◇

～在貧民區～

「好啦，差不多該動手了。準備好了嗎，芙蕾雅？」

「嗯，當然！」

公主就要由公主來對抗。

就如同那些傢伙束縛了這個鎮上的人類的心，我們也要束縛吉歐拉爾王國士兵的心。

我和芙蕾雅攀爬到某間廢屋的屋頂。

然後，用我的【風】魔術將芙蕾雅的身影擴大投影到天空中。不僅如此，還放大了芙蕾雅的音量，使其能傳到遠處。

這是只有我才能辦到的魔術。

不僅操作的方式過於精密，還得將特化【風】魔術的技能設定為持有技能，再用【改良】把天賦值全點到魔力，才總算有辦法實現。

映照在空中的芙列雅公主露出了悲傷的眼神。

美少女王族看起來果真是國色天香。不愧是被尊崇為聖女的傢伙。

諾倫公主也具有領袖魅力，但是芙蕾雅……芙列雅公主的人望在她之上。

戰場上所有人都擺出茫然自失的表情望向天空。

接著，芙蕾雅公主開口說道：

「各位，請聽我說。我是吉歐拉爾王國第一公主，【術】之勇者芙列雅．艾爾格蘭帝．吉歐拉爾。」

真是美麗的聲音。只是聽著就讓人陶醉其中。

雖然內心是坨糞，但芙列雅公主的聲音簡直就是受到神明的恩寵。

「我基於某個目的，在這個城鎮暫時生活了一段時日。經過那些日子，我確信人類和魔族是可以和平共存的。在這個鎮上，人們與魔族都彼此歡笑地生活。根本沒有支配，根本沒有洗腦，只是一起生活著。」

吉歐拉爾王國的士兵和騎士面面相覷。

由於和聽說的狀況不同，他們正感到不知所措。

「明明如此，為什麼要做出那麼過分的事呢？這個鎮上的魔族不是敵人。我並不打算說所有魔族都是善良的。其中也有壞人。不過，人類又何嘗不是？這個鎮上的魔族是可以好好交流的魔族。還請各位不要再繼續流下任何無謂的鮮血。這不是聖戰，只不過是掠奪以及殺戮。充滿驕傲的吉歐拉爾王國聖槍騎士團啊，請別再以無辜民眾的鮮血玷汙了你們手上的槍，汙染了那份矜持。」

芙列雅公主露出哀傷的眼神，並嫣然一笑。

只要是男人，任誰都會為了她捨棄一切，只求博得一笑吧。

「這個城鎮是奇蹟般的城鎮。它教會我能夠與魔族交流，甚至是一起生活。不能以偏見就摧毀了這樣的寶物。請各位不要再戰鬥了。說起來，人與魔族，到底有什麼不同呢？」

芙列雅公主的言語中充滿力量。

「我……曾經和魔族的人在酒館一起用餐，享受美酒彼此歡笑。無論對魔族還是對人類來說，美味的東西就是美味。只要開心就會笑。大家都是一樣的。有一天，店裡製作了一塊非常巨大的肉派端了出來。不論人類還是魔族都一同享受這一大塊肉派，一邊說著：『好好吃』，一邊歡笑。」

那塊肉派真的很美味。演說到一半突然講到這種日常故事，有人噗哧地笑了出來。

「只不過是因為外表有些許不同就要互相殘殺，這不是太可悲了嗎？請各位清醒吧。讓我們把在這個鎮上找到的寶物推廣到全世界。讓其他鎮上也能不分人類或是魔族，一起享用肉派，一同歡笑，一同分享這份美味。改變成這樣的世界正是我的期望。」

開始出現超乎預期的效果了。

具有壓倒性領袖魅力的芙列雅公主所進行的演說具有不可思議的力量。

騎士和士兵們都開始放下手中的武器。其中甚至有人感動落淚。

「最後我要再重複一次。他們只是外表有些許不同，卻是能和我們交流，一同歡笑的鄰人。請好好地端詳他們。在眼前的，真的是非殺不可的敵人嗎？具有榮耀的騎士們啊。我相信著你們。」

就這樣，芙列雅公主的演說結束。

我解除【風】之魔術。

呼～累死了。這魔術真夠折騰人。

要是現在有人要跟我打肉搏戰，我肯定就和砲灰沒兩樣，先把設定的技能和天賦值恢復原狀。

好，這樣就沒問題了。

順便也把芙列雅公主的外貌變回芙蕾雅。

「如何，凱亞爾葛大人？」

「很完美。妳的演說十分精彩。」

畢竟就連寫原稿的我都有點紅了眼眶。那不過是我挖著鼻孔用五分鐘隨手寫下的原稿，但藉由芙列雅公主發聲的瞬間就會變得很有那麼一回事，真不可思議。

簡直就像是真正的聖女似的。

「這次的內容和我內心所想的一樣，所以演起來很輕鬆呢。」

妳、說、什、麼！雖說變成了芙蕾雅，但那個本性腐爛的芙列雅公主居然有這樣的想法？

真令人驚訝。環境真的能改變一個人呢。

「是嗎，那就好。多虧芙蕾雅，戰況已經急轉直下。」

吉歐拉爾王國的騎士們動作明顯變得遲鈍起來，相較之下，鎮上居民的士氣反而是衝上了最高點。

就連原本打算出賣魔族的布拉尼可的人類居民也和魔族一起並肩作戰。

看到人類和魔族攜手作戰的模樣，騎士們一臉驚慌失措。事情變得有趣了。

「總算開始啦。」

然後，我滴在葡萄酒裡面的毒素也開始發作。

騎士們一個個臉色鐵青地捧著肚子。

甚至有人還直接拉在褲子上。

接下來還會繼續惡化喔。

一回過神來，鎮上已經開始陷入大混戰。

從原本吉歐拉爾汪國軍一面倒的有利狀況成為勢均力敵，不，甚至是布拉尼可這方壓制過去。

看來要下手的話得趁現在。

去擄走悠哉來到戰場的諾倫公主。

好啦，該來品嚐美味的姊妹丼嘍。

只論外表的話，她們是世界上最美的姊妹。品嚐姊妹丼時就把芙蕾雅變回芙列雅的臉吧。這樣似乎比較愉快。在諾倫公主面前侵犯芙列雅的話，不知道她會做出什麼樣的反應？看到姊姊淫靡享樂，委身於男人的模樣，說不定會留下精神創傷。

我露出賊笑，和芙蕾雅消失在建築物的角落。

「雖然頭腦不錯，但還是太嫩了。」

諾倫公主，妳的戰略確實完美。

不過啊，怎麼可以忘了我呢？

這個疏忽，我會讓妳後悔到死。

第二十話 回復術士迎接公主殿下

原本應該以吉歐拉爾王國單方面蹂躪宣告結束的這場戰爭，如今藉由芙列雅公主的演說改變了整個局勢。

打算對魔族見死不救只顧自己活命的布拉尼可的人類居民也挺身而出，與魔族攜手戰鬥。

然後，看到他們這種舉動的吉歐拉爾王國騎士們變得不知所措。

而且我滴在葡萄酒裡的毒總算開始發作。

雖說是遲效性，但能造成嚴重的腹瀉。

騎士們一臉苦悶，表情扭曲地按住腹部。狀況嚴重的甚至已經拉了一褲子。

他們甚至連手上的武器都沒辦法拿穩。

結果自然是輕易被布拉尼可的居民打倒在地。

我從巷弄裡眺望這樣的景象。看起來實在滑稽，真是齣有趣的表演。

好啦，時候差不多了。

「我先把妳送到地下避難所。接下來我會採取個別行動。」

「凱亞爾葛大人打算怎麼做？」

「要終結這場戰爭。我想避免讓布拉尼可的居民再繼續流血，同時也不希望只是遵從命令的吉歐拉爾王國騎士死去……所以我打算擄走一切的元凶諾倫公主，並嘗試『說服』她。」

這是表面上的說法。

什麼和平什麼流血的其實怎樣都無所謂。

我的目的始終只有復仇。那些傢伙殺了卡爾曼……殺了我的摯友。絕對無法原諒。怎麼可能饒過他們！

不過，在芙蕾雅的面前姑且還是設定為這是一趟拯救世界的旅程。

雖說就算多少亂來一點她也會擅自在腦內轉換成正面的舉動，但還是在某種程度上顧慮一下吧。露骨地表現出我是為了復仇讓她看到也不好。

「我也要陪你一起去！」

是變成芙蕾雅後的影響嗎？現在的她充滿正義感，顯得相當有幹勁。

不過……

「沒那個必要。芙蕾雅的殲滅力的確很貴重，但我打算俐落地處理這件事。要用最小的犧牲悄悄擄走諾倫公主。若按照這個作戰行動，芙蕾雅只會絆手絆腳。」

魔術士不適合這種隱密行動。

這點芙蕾雅也非常清楚，就沒有再繼續反駁了。

「明白了……沒辦法幫上忙，真的很不甘心。」

「不，芙蕾雅已經徹底完成妳的任務了。好啦，加快腳步吧。」

等我把芙蕾雅送達目的地，毒素的效果應該正好達到最高潮。

聖槍騎士團為了重振殘破不堪的戰線，會選擇派出溫存在後方的護衛。

趁著這場混亂，應該能輕易潛入才對。

◇

把芙蕾雅送到地下室後，我隨便找了個騎士打暈，將人拖到小巷子脫下鎧甲，用【模仿】獲得了他記憶與外貌。

「運氣真好，中大獎了。」

昏迷的騎士好像認識傳令兵。

而且也知道那傢伙目前在哪。

只要假扮成這個男人靠近傳令兵並取而代之，就可以輕鬆接近諾倫公主。

這都多虧了諾倫公主本人大剌剌地親自跑到戰場發號施令。

幸好那傢伙多此一舉。

一出手就能抓到和傳令兵有交集的士兵，一定是因為我平日素行良好。真是老天有眼。

也有可能是在天國的卡爾曼給了我力量吧。

我用【改良】變成王國兵的樣貌。

一邊帶響鎧甲一邊開始移動。

◇

擬態成騎士模樣的我，成功地以熟人身分接近正為了傳令而走動的一名士兵，輕而易舉地互換成功。

然後我搜尋他的記憶。

不愧是傳令兵。清楚記得至今下過什麼指示，實在感謝。

我看出了諾倫公主的戰略。

而且還包括她接下來要做的事。

這令我忍不住笑了出來。

「哎啊～那女人也真是不走運。傳令兵居然會在傳令前就倒下。」

我對那個女人的評價又提高了一個層次。

因為她想出了在這個時刻重整旗鼓的策略，並做出了指示。

「一旦這道指示傳達給前線，狀況可就不妙了。好險好險。」

諾倫公主的策略要是有確實傳達下去，恐怕已經成功了吧。

不過真可惜……指示已經傳不出去了。
畢竟傳令兵已被我取而代之，正躺在地上睡得香甜。
我就這樣若無其事地以傳令兵的身分到諾倫公主面前拋頭露面吧。
總算要迎接高潮了。
我拚命忍住笑意，前往諾倫公主所在的馬車。
一路上沒有受到任何人盤問。
騎士們沒有那種餘裕。如果是在以往的戰場說不定會有人懷疑我。
然而，騎士們的身體接二連三地出了狀況，再加上戰況逐漸居於劣勢。
他們根本沒有餘裕察覺到這股不協調感。

◇

我走進諾倫公主所在的馬車內。守護馬車入口的看守士兵們也記得傳令兵的長相，乾脆地讓我通過。
進入裡面一看，諾倫公主正咬著大拇指的指甲。
「到底是怎樣？沒想到芙列雅居然會以這種形式介入。什麼平等嘛。她明明只把魔族和亞人當成蟲子看待而已！」

「……聖女大人並不是那樣的人。」

【鷹眼】對向芙列雅公主口出惡言的諾倫公主略有微詞。

嘖！果然跟在旁邊啊。要是他為了重振戰線而離開這裡那可就再好不過了。

「和那個女人相比我還可愛多了喔。我不是基於感情，而是為了王國的利益才對亞人和魔族有差別待遇，那個女人是基於感情而有差別待遇，那才棘手。不過，真令人在意呢。剛才的演說不像那個女人的風格。那並不是那女人自己說的話。」

諾倫公主一臉不悅地嘆息著。

「您的意思是？」

「首先，如果是自己想出來的演說，那個女人絕對會下意識地表現出居高臨下的態度。但她是站在對等的立場說這些話。這就令人匪夷所思了。第二，那個女人對騎士說『我相信你們』。不可能。那個女人絕對不可能像那樣期待別人的善意，她絲毫不相信別人。那個女人只會說出『相信我吧』或是『住手』這樣的命令句。第三，那個女人不可能忤逆我。」

說得還挺過分的，但的確切中核心。

該說真不愧是諾倫公主嗎？

「從以上幾點，可以看出那女人被人操控了。剛才那女人的話語中根本不包含她個人的意志。那麼，到底是誰在操控芙列雅公主？能想得到的就只有【癒】之勇者凱亞爾。真麻煩。到了這個節骨眼居然會出現行蹤成謎，就連目的也無法捉摸的特級戰力。那個男人根本沒有任何合理的理由保護布拉尼可。實在令人百思不解。」

我在內心由衷地向她送上喝采。

光是聽了剛才的演說就能斷定是我在背後操控。

真不錯，這女人能派得上用場。頭腦真是靈光。

等她成為我的所有物(玩具)的那刻，就讓我來充分利用她的頭腦吧。

「我說你，佇在那做什麼？要是有報告的話就快點說。」

「是！公主殿下。」

我壓抑殺意露出微笑，拉近距離。

雖然想立刻把人擄走，但旁邊還有礙事的傢伙。

在場的護衛有三人。其中一人是【鷹眼】。

【鷹眼】雖然表面上若無其事，但是毒酒應該有發揮效果。

他只不過是憑著耐久力與強大的精神力在逞強罷了。戰鬥力已經一落千丈。

剩下的兩人似乎沒有中毒。

是因為不善喝酒才沒喝嗎？

沒差，以【翡翠眼】確認的數值來看，那兩人不過是普通的超一流高手。

只要能葬送【鷹眼】，再來總會有辦法應付。

要趁【鷹眼】掉以輕心的現在，以收拾他為最優先考量。

靠近站在諾倫公主身旁的那傢伙，第一擊就要確實地……

嘖！

我歪了一下脖子。接著就有某種物體從我的臉頰旁飛過。

恐怕是飛針那類的暗器。而那是【鷹眼】在一瞬間從袖口射出的。

連警告和預備動作都沒有。如果不是很肯定傳令兵遭到取代不可能這麼做。

能夠閃開是因為【鷹眼】狀況奇差無比，再加上我自己本身也或多或少警惕著這樣的突發狀況出現。

「果然躲得開嗎？如此驚人的武藝，職階卻是鍊金術士，真是荒謬。」

「為什麼……你會發現？」

「是腳步。體重移動、呼吸，你表現出來的這些都是一流武人的特徵。至少和剛才那位傳令兵截然不同。」

在回應我的這段期間，【鷹眼】也沒停下攻擊。

從所有角度所有位置對我施放暗器。在戰場上是弓箭好手，但在室內戰鬥時就會搖身一變成為暗器高手，這就是【鷹眼】的戰鬥風格。

這段對話也不過是為了分散我注意力的手段罷了。

現在又開始用嘴巴不斷地對我使出像是吹箭的攻擊。

我用手指掐住飛箭。然而他卻趁此時拉近距離，朝著我的臉使出一記踢擊。我後仰身體躲開後，他鞋子的前端飛出刀刃，我伸出左手擋下這招。刀刃深深地刺進了手掌。

此時【神裝武具】的【自動恢復】發動。

太感謝了。馬上就證明了神甲蓋歐爾基烏斯的實用性。

刀刃上塗滿了麻痺毒素。我對這種攻擊方式湧起一股親近感。

如果沒有【自動恢復】，想必我已經身中麻痺毒素動彈不得，被逼到連【恢復】都無法運用自如的窘境了吧。

不過，正是因為有【自動恢復】我才選擇吃下這擊。

被刀刃刺中的同時，我緊緊抓住他的腳尖。

【鷹眼】的強悍是源自於世界最頂尖的眼睛。壓倒性的動態視力與反射神經。

如果不像這樣用出其不意的行動攻其不備，不可能對他造成有效的打擊。

只要碰到後就能用【改惡】收拾他。

我抱著這個念頭提高魔力，然而【鷹眼】卻扭動腳踝。這一下痛得讓我鬆開手掌，並警戒他的追擊往後跳開。

拔出刀刃後，我用【恢復】治療傷口。

哎呀呀，只要有零點幾秒的空檔我就能殺了他說。

「真是匪夷所思。感覺我使出的暗器都被你一一預測。而且最後用的毒，甚至會讓大型魔物也動彈不得。為什麼你還能動？」

「希望你能統整成一個問題啊。第一，因為我也擅長用暗器。第二，我是毒素很難生效的體質。」

彼此都在尋找對方的破綻。

此時，剩下的兩名護衛緩緩地繞到我的背後。

被包圍了。

要在對上【鷹眼】的同時與兩名超一流騎士交手實在是天方夜譚。

得快點想出對策才行。

「【癒】之勇者，你死心吧！真可惜呢。就算你再怎麼強，滿不在乎地現身到【鷹眼】面前根本是自殺行為喔。」

嗯，的確是這樣。

好不容易用毒削弱了他的實力，形勢卻依舊不利，真受不了。

要和這種怪物正面對決根本就是腦袋不正常。

所以，我要用不正經的手段。

機會難得，就讓我測試蓋歐爾基烏斯的攻擊能力吧。

諾倫公主吸了一口大氣。她打算發出慘叫好喚來馬車周圍的騎士和士兵。一旦待會兒叫聲響起，敵方士兵就會以排山倒海之勢殺入這裡吧。

沒時間猶豫了。

為了要趁早分出勝負，只能仰賴即死攻擊的【改惡】。

不過，我有辦法持續接觸【鷹眼】零點幾秒的時間嗎？

答案是否定的。但即使如此還是要幹。

我不耍任何小手段直接衝了過去。

然後，在進入出拳範圍之前就率先出拳。看起來就像是在說「請隨意反擊我吧」這種愚蠢的攻擊。

緊接著，釋放出我的必殺……

「【改惡】。」

這是不碰觸到對方就沒有意義的必殺魔術。然而【鷹眼】警戒著我高漲的魔力，選擇在原地擺好架式並沒直接反擊。

這成為了致命的破綻。

神甲蓋歐爾基烏斯前方細長裂縫釋放出黑色光芒，宛如放射狀一般擴散。

一擊必殺的【改惡】有著不接觸到對方就無法發動的缺點，但藉由神甲蓋歐爾基烏斯的功能就可以讓【改惡】成為飛行武器。

能飛行的距離不到一公尺。然而這一丁點的距離就能在和強敵交手時發揮效果。

「咕！這……到底是……身……身體……」

【鷹眼】的身體不自然地膨脹起來，隨即應聲爆裂。

沒空用纖細的方式破壞你了。

所以我強制增殖【鷹眼】體內的細胞。雖然會消耗驚人的魔力，但十分有效。

……有點浪費啊。可以的話真想【模仿】【鷹眼】的技能、知識以及經驗呢。

「畢竟沒有那種餘裕啊。」

我這樣嘟囔後射出一根針，隨後再射出兩把小刀。

針刺中了諾倫公主的脖子，她的聲音便瞬間轉小，使得慘叫聲並沒有辦法大聲呼喊出來。

而另外兩把小刀，則是劃開那兩個不過是超一流程度的護衛騎士的脖子，頓時血流如注。

沒有礙事者。也沒人會來救援。

來完成我的目的吧。

「你……到底是……什麼人……」

「我是王子啊。是來誘拐公主殿下的。」

我用布摀住諾倫公主的嘴巴。

被毒針弄啞的聲音難以辨識。所以我決定告訴諾倫公主為什麼她會遭到這樣的對待。

好啦，再來只要把人帶走就好。

「卡爾曼，你的仇我幫你報了。雖說是為了幫朋友報仇雪恨，但居然對一名年幼少女出手，這種事情或許不會被原諒！然而寄宿在這胸口的復仇之火，已經任誰都無法消除了。為了朋友，我要捨棄人類的身分化身野獸。卡爾曼，你就在那個世界看著我吧。」

對年僅不到十三歲的年幼諾倫公主做出這麼過分的事，實在是讓我於心不忍。不過這畢竟是復仇。

再來順便去拯救布拉尼可的人們吧。陷入不利狀況，再加上指揮官下落不明，吉歐拉爾王國軍也會自動撤退吧。

當個正義的伙伴感覺還真不錯。

那麼，該怎麼把諾倫公主帶回去呢？

還有，帶回去後要怎麼用她來好好享樂呢？

我已經決定要把芙蕾雅變回芙列雅公主享受一番，只是還沒想好具體的玩法。

「好，我想到一個好主意了。」

讓我好好見識妳們倆的姊妹之情吧。

要是不加深她們姊妹之間的感情，會對今後的旅行造成麻煩。

畢竟姊妹倆都將一起成為我的所有物（玩具）。

我人怎麼會這麼好呢？我一邊想著這種事並笑了出來。接下來似乎有得讓我享受了。

終章 回復術士獲得諾倫公主

設置了隔音設備的豪華馬車裡有五個人。

一個人是化為傳令兵模樣的我，一個是甚至被稱為三英雄的強者【鷹眼】特利斯德．奧爾岡。還有兩人是超一流的護衛騎士。最後，則是吉歐拉爾王國第二公主諾倫。

不過，【鷹眼】和護衛的騎士已經身亡，諾倫公主也因為喉嚨被射進毒針而無法呼救。

總歸來說，接下來我可以為所欲為了。

好啦，已經沒有必要繼續打扮成傳令兵的模樣。

我解除【改良】，變回凱亞爾的模樣。

「那麼，讓我重新自我介紹吧。我是【癒】之勇者凱亞爾。被你們奪去一切之人。」

如此介紹自己後送出了一個微笑。

和諾倫公主之後會長久相處下去，第一印象是很重要的。我盡可能地擺出美好的笑臉。

明明如此，諾倫公主卻露出了膽怯的表情，真是失禮啊。

「你到底……為了什麼目的做出這種事！」

毒針使得她的音量很小，但強化聽覺後勉強還聽得懂。

「我在布拉尼可交到了朋友。那是一名叫卡爾曼的魔族商人。他是個好人啊。我們經常一起喝酒，暢談彼此的夢想。那傢伙笑著說自己的夢想是總有一天要到更大的人類城鎮開一間商店。而我也支持著他的夢想。」

這裡是個人類與魔族和平共存的城鎮。

而身處這個城鎮的卡爾曼，堅信著可以透過名為利益的羈絆讓人類與魔族融為一個大家庭。而且他還是比任何人都喜歡人類的魔族。

「我……我不懂你在說什麼。」

「那個卡爾曼被殺了。」

卡爾曼就這麼死了。

沒能實現夢想，僅僅當個布拉尼可的小店店長就結束了他的人生。

「沒錯！諾倫公主，都是因為妳引發的戰爭才會這樣！」

我這麼恐嚇她。

諾倫公主急忙地從馬車內的氣派王座起身，打算落荒而逃。但卻失足跌倒。就這樣伏在地上匍匐前進，但我沒糊塗到讓她逃走。我抓住她的脖頸把人翻了過來，跨坐在她的身上。

「喂，妳告訴我啊。為什麼……我的摯友非死不可？」

「難……難道，你……只不過是因為一隻魔族就犯下這種滔天大罪？」

諾倫用震驚的口氣說道。

只不過是因為一隻魔族？

「別開玩笑！妳把人命當作什麼了！」

我不禁甩了她一巴掌。

有必要教育這個不知生命沉重的小姑娘。

「每一個人都有著夢想、希望以及未來。生命是比任何一切都還要重要的寶物！妳卻說『只不過』？不僅殺了我的摯友，甚至還侮辱他嗎！我絕不會原諒妳！」

或許是第一次被痛罵吧，諾倫公主的眼睛泛出了淚光。

就算被稱為軍略的天才，像這樣被男人壓倒在地，也不過是個普通的小鬼。

「對……對不起。我道歉，我會道歉的，什麼都願意做。所以，請不要殺我。」

「害怕嗎？害怕不明就理的暴力嗎？被你們襲擊的魔族肯定也跟現在的妳有著同樣的心情吧。但妳卻打算毫不留情地殺害他們。我怎麼可能會原諒這樣的妳。」

「咿……對不起，對不起，對不起……」

只是一味道歉嗎？

所以小孩才讓人傷腦筋。

她以為只要哭泣就會得到原諒了嗎？

算了。總之先簡單地處罰她一下。

我輕輕地將手放在諾倫公主的脖子上。

這只不過是前菜。我要讓她感受到死亡的恐懼。

我勒緊氣管。

「啊……啊……啊……」

諾倫公主開始抵抗，但手無縛雞之力的少女根本無能為力。

死亡緩緩逼近的絕望讓她的表情扭曲。

這表情還挺惹人憐愛的嘛，讓我不禁勃起了。

然後，她的抵抗徒勞無功，就這樣失去了意識。

這樣前菜就結束了。主菜就等擄走後再好好享用吧。

「這個時間就算有其他傳令兵前來也不足為奇。快點離開吧。」

我【改良】成【鷹眼】的模樣，再把諾倫公主塞到我為了擄走她而帶來的麻袋裡。

接著只需要逃走。

啊，在那之前……

「【恢復】。」

我為了取得諾倫公主的技能和記憶使用了【恢復】。

噢，意外地有稀有的技能啊。

不只如此。

襲擊我的村莊，害死我的初戀情人，果然是這傢伙在背後指使的。

「果然是安娜小姐的仇人啊。絕對不能原諒呢。」

確定獲得雙重復仇獎勵。

明明光卡爾曼這件事就無法原諒了，居然連安娜小姐也……這下只能讓她在見識到地獄後，一輩子成為我的玩具（寵物）來償還這筆帳了嘛。

然後……

「是嗎，原來她喜歡芙列雅啊。」

在芙列雅的記憶中，諾倫公主總是故意刁難她。

然而正是因為喜歡才故意這麼做。因為喜歡，才會藉這種方式讓芙列雅理會自己。

諾倫公主會學習軍略與政治力，是因為她只能這麼做。

和姊姊不同，不具備任何能力的自己要進入姊姊的視野，只能努力鑽研有辦法學習的能力。身為一名無力女性，又不具魔術才能的諾倫公主，只有透過這種方法，並嘔心瀝血地不斷努力才能實現這個願望。

雖然是纏著父親要他聘請了好幾名最高級的教師，但最終還是因為她的執念才得以實現。

……然而，結果卻是被芙列雅敬而遠之。

真可憐。

「安心吧，諾倫公主。只要在我身邊，就可以和芙列雅和睦相處。只是得當一個聽話的肉奴隸就是了。啊嘻嘻嘻嘻！」

嗯，幫姊妹兩人重修舊好的我真是個大好人。

◇

在那之後，戰爭以布拉尼可的勝利告終。

不僅芙列雅公主的演說造成士氣一蹶不振，又被下在葡萄酒裡的毒搞壞身體，再加上戰局正激烈時總司令居然遭人擄走，導致吉歐拉爾王國軍根本無法繼續戰鬥下去。

於是他們蒙受大半的損害後選擇撤退。

這次的遠征讓吉歐拉爾王國受到莫大的損失，暫時應該會安分點吧。

基本上是有編制一批搜索諾倫公主的部隊，但那種玩意兒不足掛齒。

戰爭結束後，布拉尼可沉浸在慶祝勝利的氣氛當中。

一同戰鬥的人類與魔族互相擁抱彼此，高舉酒杯。

儘管創傷很大，但總有一天傷痕也會治癒吧。

那麼，至於我現在在做什麼呢……

「芙蕾雅，那打扮也很適合妳啊。」

「汪！」

支開剎那和夏娃兩人叫她們回到旅社，我和芙蕾雅則待在為了今日而打造的地下室。

當然，是為了對諾倫公主復仇。

必須要為卡爾曼以及安娜小姐報仇雪恨才行。

我用鎖鏈扣住諾倫公主雙手的手銬，將人吊在天花板上。是只要墊腳尖就能夠勉強搆到地板的高度。

再把芙蕾雅變為芙列雅公主的模樣並讓她只穿內衣，還戴上了狗耳以及狗尾巴的玩具。

看起來實在滑稽又可愛。

雖然我平常就想這麼做，但這樣一來剎那就會覺得自己好像被羞辱了似的感到不悅並生起氣來，所以也只有這種機會能這麼做。

諾倫公主差不多也該清醒了吧。

她動了一下身體，緩緩地張開眼睛。

「這……這裡是……？」

「早安，諾倫公主。因為很麻煩我就從頭開始說明。妳被我綁架了。這裡是完全隔音的地下室。因為妳被擄走，導致吉歐拉爾王國軍大敗選擇撤退。所以沒有人會來救妳。」

「怎麼會……騙人！」

「是真的。而且這對我而言是復仇。不僅朋友被殺，故鄉也因妳遭到毀滅。講白一點呢，就是我接下來要徹底蹂躪妳、玩弄妳。不是只有疼痛，也會好好讓妳舒服的，開心點吧。」

我露出猥瑣的笑容。

原本我的笑容很陽光，不適合露出嗜虐的表情，但我努力讓臉上露出這般猥瑣的笑容。這對諾倫公主來說似乎效果顯著。很明顯地臉色鐵青。

「騙人。你在騙我！」

「我沒騙妳。只是呢，因為我很溫柔，打算以遊戲方式來進行。只要妳贏了遊戲就放妳走。而且這次還是跳樓大拍賣。就算不肯玩遊戲，我也可以現在就馬上放妳出去。不過，到時我會把妳全身扒光，大張旗鼓地宣傳說『她是這次的主謀』再把妳放出去。這樣比起我要實行的復仇似乎來得更加殘虐，感覺會很有趣呢。」

那樣子倒也不壞。

要獨占被這麼多人憎恨著的這個女人，老實說還是會不好意思。

「給妳十秒決定。要在這裡選擇接受遊戲，還是要讓我把妳獻給魔族？」

諾倫公主瞪大雙眼，身體不斷顫抖。

反正不管怎樣肯定都不會有什麼好下場，這點她應該也心知肚明吧。

她相當動搖啊。甚至沒發現眼前的這個芙列雅狗。

我裝模作樣地開始倒數。

「三、二、一……」

「我接受！我要參加那個遊戲。」

也是啦，這回答顯而易見。

好，那開始說明遊戲吧。

「嗚～汪～」

不過有個礙事的傢伙。就是芙列雅狗。

從剛才開始就隔著褲子磨蹭我的兩腿之間，偶爾還會用屁股蹭上來。

雖說我讓她喝了發情藥劑，會這樣發情也是無可厚非，但實在有點煩人。

而且我還調合了會讓意識混濁的藥劑給她喝下，一旦藥劑失去作用，芙蕾雅只會認為今天發生的事情是一場夢吧。

「芙列雅姊姊！妳到底在做什麼！」

「嗚～汪～」

芙蕾雅不斷發出苦悶的叫聲。

然而妹妹的聲音卻無法傳給芙列雅。她正沉溺於央求我的疼愛而無暇顧及其他事，更何況我也早就從芙蕾雅的記憶中刪除了有關諾倫公主的一切。

我決定隨她的意去磨蹭，總算開始說明遊戲。

「遊戲的規則很簡單。」

我說完這句話，就扯裂了諾倫公主的禮服。

儘管青澀，但是能感受到一股將來性的雪白肌膚裸露了出來。

諾倫公主淚眼汪汪地瞪視我。我用魔術解開天花板的鎖鏈後，諾倫公主便一屁股坐到地上。

雖然沒解開手銬，還是有某種程度上的自由。

「現在開始，我要和芙列雅狗玩耍。芙列雅狗是條淫亂的母狗。要取悅她可是很傷腦筋的呢。」

我撫摸了芙列雅狗的頭，她便瞇起了眼睛。

噢，真乖真乖。

「所以，我想讓諾倫公主也一起陪她玩。芙列雅，如果妳那麼想要我的那個，就去讓那女人高潮。要像條狗一樣只用舌頭。要是能順利讓她高潮我就會盡情疼愛妳。」

「汪！」

芙列雅狗壓在諾倫身上。

「呀啊啊啊，芙列雅姊姊，住手，快清醒過來！」

「汪汪！」

芙列雅已經迫不及待地想襲擊諾倫公主。明明我都還沒說明完遊戲規則啊。

「慢著！還沒開始喔。好乖……遊戲的內容很簡單。只要到早上為止都沒有高潮的話就算妳贏了。一旦高潮，我就會在諾倫公主的面前好好疼愛芙列雅狗，讓妳見識一番。之後也會一併疼愛妳，很開心吧。因為能讓最喜歡的姊姊幫忙舔，還能一起受到我的疼愛呢！」

光是想像就興奮了起來。

被姊姊蹂躪的妹妹，以及在眼前目睹姊姊的痴態，和姊姊遭到同樣男人侵犯。

我設想得真是周到。

「怎麼會……太過分了！」

「然後等事情全部結束，會讓妳和那個芙列雅狗一樣忘記所有一切成為我的寵物。真開心啊，到了明天諾倫公主也會戴上狗耳朵，像笨蛋一樣磨蹭我的雙腿之間央求我的恩寵。總之，要是妳不想變成那樣，就拚命忍耐吧。我和妳們不同，是會遵守約定的男人。要是順利忍住我就放妳走。好啦，說明結束。芙列雅，可以了！」

「汪！」

好啦，雖然我說到明天早上為止，但她有辦法撐這麼久嗎？

就讓我悠哉地觀摩這場姊妹之情吧。

芙列雅和諾倫。畢竟她們倆光看外表真的是世界最漂亮的姊妹……

◇

戴著狗耳朵的芙列雅將諾倫按倒在地上。

然後用手按住大腿，靈巧地用嘴巴撥開內褲。

「哦，還沒長毛啊？是不是發育不良？」

「囉唆！」

淚眼汪汪的諾倫對著我叫囂。

說時遲那時快，芙列雅狗趁機伸出舌頭，開始舔諾倫的那裡。

要是不能只靠舌頭讓諾倫高潮就無法獲得我的恩寵，芙列雅狗十分賣命。

是因為發情感到興奮難耐嗎？她不斷摩擦大腿內側，內褲已經濕黏一片。

「芙列雅姊姊，住手，這種事……」

芙列雅狗的舌頭蹂躪著尚未知曉男人滋味的諾倫蜜壺深處。動得十分激烈。畢竟她經常連同剎那一起受到我的疼愛，所以芙列雅狗的技巧相當了得。

諾倫開始臉紅了。

雖然她用手壓住芙列雅狗的頭，但力量差距顯而易見。芙列雅狗的臉已因愛液濕成一片。

「喂喂，已經開始濕了嗎？這樣根本撐不到早上喔。」

真掃興。早知如此我應該說一小時就好了。

「住……嘴……啊！討厭，不要不要不要！」

語調開始拉高了。

看樣子芙列雅狗已經找到弱點。

原本芙蕾雅就總是喜歡取悅我，她好像一直在觀察諾倫的反應找出她會覺得舒服的部位。

於是她開始重點式地進攻那裡。

「不要，芙列雅姊姊，那裡，不行！」

「汪、汪♪」

芙列雅狗滿腦子只想著要盡快讓諾倫高潮，好獲得我的獎勵。

舌頭的動作持續地激烈起來。諾倫也逐漸迎向高潮。

然而動作變得單調，諾倫就有辦法撐過去……正當她燃起這股希望的時候。

芙列雅靈巧地用舌頭撥開諾倫的祕瓣，舔了下去。

「啊啊啊啊啊啊啊啊啊啊啊啊啊啊嗯！不要啊啊啊啊！」

諾倫根本無法忍住這股和至今截然不同的刺激，腰部一震達到高潮。

「汪！汪！汪！」

芙列雅狗開心地發出叫聲望向我。

整張臉都被諾倫的愛液淋濕，滿心期待地向我扭腰。

真是可愛的狗。幹得好。得給妳獎勵才行啊。

「……搞什麼，才不過十五分鐘而已耶。妳有心要忍嗎？居然會因為姊姊的舌頭而有感覺，到底是有多淫亂啊？」

「囉……囉唆。反正……你一定對我下了奇怪的藥吧？」

「真是遺憾。這可是一場光明正大的勝負。」

我玩遊戲一向不耍詐。

更何況現在明明還在那一顫一顫感覺很想要似的，真虧妳講得出這種話。

我走到諾倫的眼前，芙列雅狗就開始磨蹭我的兩腿之間。我知道，會好好給妳獎勵的。

「既然輸了遊戲就得給妳個懲罰遊戲。在那之前，先讓妳見識自己的姊姊是條多麼淫亂的母狗。」

我命令芙列雅狗雙手雙腳著地，趴在諾倫身上。還特別指定她的性器得靠在諾倫的臉上。

芙列雅狗的蜜壺已經濕成一片，開始不斷抽動。

「這是懲罰遊戲。別移開眼睛啊……哦，要別開也行，只是妳到時得先做好心理準備。我最討厭違反規則的傢伙。」

諾倫的身體顫抖了起來。

她似乎已經徹底體會到我究竟是怎樣的人。接著我插入芙列雅狗。

我和芙列雅狗的性器在諾倫的眼前結合，開始激烈地抽插。

「呀嗯♪呀、呀嗯♪呀嗚嗚嗚嗚嗯♪」

芙列雅狗發出歡喜的叫聲。明明是在自己妹妹面前耶，真是有夠淫亂。

愛液滴滴答答地落到諾倫的臉上。儘管諾倫想要把臉別開，卻因為受到我的警告而連這都做不到。

那張臉有著恐懼……以及興奮的神色。姊姊在自己眼前被侵犯的模樣似乎讓她著實感到興奮。

芙列雅一鼓作氣挺直了腰桿。看來是高潮了。
我也到了極限。
處於特殊狀況，再加上芙列雅狗的蜜壺比平常更為滾燙地纏繞著，讓我比平常更快吐出了精華。
我一抽出男根，精液與愛液便混在一起，滴到了諾倫的臉上。
「芙列雅，坐下。」
「汪！」
芙列雅狗一坐下，她的性器自然會直接壓在諾倫的臉上。
那可是沾上了滿滿精液與愛液的祕裂。
諾倫雖然板著一張臉，但也感到興奮。
「芙列雅，用妳的那裡盡情地去磨蹭諾倫的那裡。只要能讓我興奮就會再疼愛妳一番。」
我一這樣說完，芙列雅狗就立刻改變姿勢，開始用自己的性器磨蹭諾倫的祕瓣。
「住手，芙列雅姊姊！這樣……太奇怪了！」
「汪汪汪！」
芙列雅狗聽不進妹妹的聲音。
只是順從自己的欲望扭腰。諾倫可愛的祕瓣開始一顫一顫地誘惑男人。
「看妳好像挺難受的嘛。」

「閉嘴、閉嘴閉嘴！」

「妳最喜歡芙列雅公主了，對吧？」

「才沒那種事，誰會對那種無能……」

「別說謊啦。妳是為了讓姊姊多看自己一眼才努力過來的吧？溫柔的我將會實現妳的願望。只要用疼愛姊姊的那個一併疼愛妳的話，妳們就是一體的了。」

諾倫想要逃走，但想要追加獎勵的芙列雅狗不允許她這麼做。用彼此的性器交互磨蹭，同時也牢牢地壓住她。

我站在這兩人的身後，緊緊地抓住諾倫的腰。

不會讓妳逃走。

這是對輸了遊戲的敗者所進行的懲罰遊戲。我將剛才還在侵犯著芙列雅狗的分身挺進諾倫體內。

「好痛！好痛！好痛！」

「果然是處女啊。」

撐破處女膜後流出了血來。即使如此我還是擺動腰部。有趣的是在我這麼做的同時，芙列雅依舊沒有停止磨蹭。

因為她藉由用祕裂磨蹭侵犯著諾倫的肉棒，貪婪地尋求快樂。

「不要！我和芙列雅姊姊一起被侵犯了！」

嘴上說不要，但這句話中卻帶有一股愉悅。

和姊姊一起被侵犯好像讓她很開心。我加快腰部的擺動。

諾倫已經忘記痛楚。原本就想說她很淫亂，看來是天性如此。

就按照妳的期望，和姊姊一起疼愛妳吧。

我交互插入兩人重疊在一起的祕瓣。兩個人的插入感都不同，讓人樂此不疲。

「呀嗚嗚嗚嗚嗚嗯♪汪～嗚！」

「啊！不要！這好奇怪！」

姊妹兩人都發出嬌喘，我差不多也開始感到吃緊了。

先讓諾倫高潮吧。我捏起她的陰蒂後，她便一口氣達到絕頂，放聲大叫的同時背部向後一仰。

我在這個時間點拔出我的分身，重點式地挑弄芙列雅狗，芙列雅狗的蜜壺一陣抽搐後也不支倒下。

我趁著諾倫放心的時候，來個攻其不備再度插入。

「討厭！不要不要不要！現在會很敏感不要啊啊啊啊啊！」

她流著眼淚重複著拒絕的話語。

就算如此我也沒有住手，反而興奮了起來。

我持續挑逗剛迎接高潮而全身敏感的諾倫，認真讓她連續高潮了好幾次後將精液射到最深處再把男根拔出。

諾倫全身虛脫無力，精液從祕裂滿溢而出。

先高潮的芙列雅則是覺得一臉可惜地舔著妹妹的祕瓣，享用滿溢而出的精液。

真是煽情的光景。

啊啊，舒爽多了。

姊妹丼果然讚。有種獨特的背德感。

這樣一來漸行漸遠的姊妹，終於讓彼此的心靈合而為一。

至今諾倫公主為了讓最喜歡的姊姊能多重視自己一點而努力，甚至得到了權力，然而卻因此被姊姊疏遠，希望姊姊能注意自己的她還用了壞心眼的方式，反而更拉開彼此的距離，變得更加乖僻，也實在可憐。

因為誤會而產生的距離，被這次的姊妹丼填滿，讓心靈合而為一。

雖說合而為一的不只是心靈啦。

「噢，我怎麼會這麼善良啊。」

被玩弄過頭的芙列雅已經趴在諾倫公主身上暈厥過去，諾倫公主也整張臉都哭成了淚人兒，眼神一片空洞。

「好啦，懲罰遊戲還有後續。一開始就說過了吧。要是輸了，我會像芙列雅狗那樣消除妳的記憶，變成我溫馴的家畜。這是妳身為諾倫公主所能迎接的最後瞬間。待會兒我就會消除妳的記憶。一旦清醒過來，妳就會什麼都想不起來，成為我的奴隸。最後還有什麼話想說嗎？」

溫柔的我在最後向她搭話。

諾倫公主原本空洞的眼神中燃起了光芒。

然後，她把頭別了過去小聲說道：

「去死。」

「啊哈哈哈哈哈哈哈哈！真棒～我最喜歡這種倔強的地方了！有讓妳服從的價值。哎呀，最近被我復仇的傢伙馬上就會屈服，實在很無趣呢。不這樣的話就沒有復仇的意義了嘛！」

嗯，真有趣。

對了，把她洗腦成下次清醒後就會稱呼我為哥哥大人的乖巧妹妹吧。

這樣似乎最有意思。

「諾倫公主，晚安。永遠地。」

我把手按在諾倫公主頭上，使用【改良】。

邪惡又恣意妄為的惡女諾倫公主，將因為我給予的神聖之光灰飛煙滅，重生為純真又愛撒嬌的妹妹。這樣妳們姊妹今後就能和睦地生活了。

我一邊詠唱【改良】一邊放聲大笑。

真期待能快一點見到重生後的諾倫。

這樣一來，我又增加了新的玩具(寵物)。在天國的卡爾曼和安娜小姐肯定也會開心吧。

◇

我抱起失去意識的芙蕾雅和諾倫回到旅社。

也向剎那和夏娃介紹新的伙伴吧。今晚要辦歡迎會好好大吃一頓。

回過神來，我發現自己的腳步變得十分輕快。

嗯，做了好事之後心情舒暢。看來今天的飯會比平常吃得更加津津有味。

回到旅社後，剎那和夏娃便衝到我身旁。

「凱亞爾葛大人！」

「你快看，店裡的人多送了我們好多東西耶！」

戰爭結束之後，店家馬上就開始營業了。這個鎮上的商人真是不屈不撓。

今天打算在旅社自己煮飯，所以事先拜託剎那和夏娃去買晚餐的材料。

她們兩人的購物袋都塞了滿滿一袋。

「送的？」

「嗯，說是要謝謝凱亞爾葛大人。」

「他們還說：『只能做這種事，對不起』。」

這樣啊，是被我一時興起拯救的那些人。

那是我自己也無法理解的無謂行動。結果，獲得了感謝以及贈品。

……明明今後要重建被破壞的店面讓他們也很吃緊，現在不應該送贈品給旅人吧。

真是群濫好人。

「凱亞爾葛大人，在笑。」

「嗯嗯，贈品會讓人開心呢！」

「是嗎，我在笑啊……算了，該怎麼說，感覺還不壞。」

我說出率直的心情。

好久沒有因為不計得失的行動受到感謝了。

感覺有一絲暖流湧上心頭。

來吃晚餐吧。趁這內心的溫暖還沒消失以前。

後記

感謝各位閱讀《回復術士的重啟人生3》。

我是作者「月夜涙」。

在第三集，是對在第二集露臉的諾倫公主以及【劍】之勇者實行復仇。

就連凱亞爾葛都判斷鬥智的話無法贏過諾倫公主，他究竟要怎麼克服這個窘境呢？還有，他要如何打倒凌駕【劍聖】的劍士——【劍】之勇者呢？敬請期待。

然後，這次描寫的情色場景感覺比起第一、第二集有過之而無不及。第一集、第二集感覺算是在挑戰輕小說的極限，這次則是綽有餘裕地突破了極限喔！

補述：漫畫版也會在和小說第三集同步在四月一日發售。請務必也觀賞漫畫版。（註：此指日版）

宣傳：

雖然是其他出版社的，但上個月《スライム転生。大賢者が養女エルフに抱きしめられてます》第二集已由OVERLAP Novels出版。

這是轉生成史萊姆的大賢者隱藏真實身分成為女兒的使魔，一邊跟女兒撒嬌一邊守護她並持續進化的故事。夏天開始也會刊載於《月刊少年GANGAN》的人氣作品，請務必閱讀看看。

另外，在四月三十日將會於Monster Novels出版《そのおっさん、異世界で二周目プレイを満喫中》這部作品。明明很努力卻沒有得到回報的大叔，前世是個社畜上班族，取回了自己曾沉迷在酷似這個世界的遊戲的記憶，讓努力得到回報的故事。這部作品也決定要由Monster Comics推出漫畫版，請各位也務必賞光！

謝辭：

しおこんぶ老師，感謝兩位第三集也畫了出色的插圖。兩位將諾倫公主的嗜虐面，還有被挑弄就會一口氣變成柔弱小姑娘的一面畫得非常出色，實在讓人興奮。

責任編輯宮川大人，你總是快速又誠實地應對，實在讓我不勝感激。

角川Sneaker文庫編輯部與各位相關人士，負責設計的木村設計研究室，以及閱讀本書至此的各位讀者，非常感謝你們！

月夜涙

後記…

我們是繪製插畫的しおこんぶ。
背景是夏娃。
總算正式成為凱亞爾葛隊伍一員的她，其實會偷偷地自己玩。
對性事非常有興趣。
究竟她今後會被凱亞爾葛進行什麼樣的調教呢！
敬請期待！

諾倫成為凱亞爾葛一行人的旅伴，
前往祭祀神鳥的部落。
在試煉的過程中，與夏娃的「純愛」
終於開花結果——！
回復術士的重啟人生 4
～即死魔法與複製技能的極致回復術～
2019年春季發售預定!!

戰鬥員派遣中！ 1 待續

Kadokawa Fantastic Novels

作者：暁なつめ　插畫：カカオ・ランタン

「一個世界不需要兩個邪惡組織！」
操起現代武器，開始進軍新世界！

眼見征服世界的目標即將實現，為了擴大版圖，「祕密結社如月」將戰鬥員六號作為先遣部隊派遣至新侵略地，但他的各種行動都讓幹部們傷透腦筋，更強烈主張自己應該加薪。然而，他接著卻傳回了號稱魔王軍的同業，即將消滅看似人類的種族的消息——

NT$250/HK$82

迷幻魔域Ecstas Online 1~3 待續

Kadokawa Fantastic Novels

作者：久慈政宗　插畫：平つくね

運用魔王與人類的雙重身分生活，殺戮並拯救班上同學！

降臨而來的修正程式，其真面目是遭到廢棄的遠古魔王撒旦。撒旦對朝霧下了死亡的詛咒，還奪走了英費米亞。窮途末路的赫爾夏夫特（堂巡）於是帶著朝霧逃亡！想方設法意欲拯救朝霧的赫爾夏夫特，在她全身上下塗滿了抗咒潤滑液，想不到卻……!?

各 NT$220~240/HK$68~75

幸會，食人鬼。

Kadokawa Fantastic Novels

作者：大澤めぐみ　插畫：U35

這是《你好哇，暗殺者。》的前傳，講述澤惠與阿梓相遇的故事。

「啊，妳醒啦？」陌生的天花板，嗆鼻的血腥味。這是哪裡？我為什麼倒在地上吧？「妳要小心吃人的man喔。」街坊傳說專挑美少女的連續殺人魔？「聽說他會綁架美少女，然後大卸八塊吃掉喔～」對了，我一定要找出那傢伙──「然後親手宰掉才行。」

NT$200/HK$60

終將成為神話的放學後戰爭 1~5 待續

作者：なめこ印　插畫：よう太

神話代理戰爭邁入佳境！
擊落毀滅的太陽吧！

雷火終於揭露了希臘神話代表神——阿波羅的真面目。這時，天華從旁介入，提出約會邀請，讓雷火無法掌握她真正的意圖。而魁札爾科亞特爾出現在「白天的學園」裡，而且是好幾人！雷火率領的「神軍」迎戰不斷襲擊學生們的成群敵人（魁札爾科亞特爾）！

各 NT$200~250/HK$60~75

在大國開外掛，輕鬆征服異世界！ 1 待續

Kadokawa Fantastic Novels

作者：櫂末高彰　插畫：三上ミカ

公主、獸人女孩、公主騎士等自願成為愛妾……？
悠然自得的皇帝生活從此開始！

平凡高中生日和常信被召喚到異世界，成為格羅利亞帝國——全大陸第一大國的冒牌皇帝！國土面積佔了大陸的八成，人口與資源號稱是別國的一千倍，至今毀滅過的國家破萬，還有許多美少女自願成為愛妾，在大國開外掛的異世界生活從此展開！

NT$220/HK$68

怕痛的我，把防禦力點滿就對了 1~2 待續

Kadokawa Fantastic Novels

作者：夕蜜柑　插畫：狐印

最強初學者這回成了「浮游要塞」？
七天造就最硬傳說，即刻開幕！

新手梅普露在第一場活動中成為明星玩家之列，號稱「最硬新手」。這次她以稀有裝備為目標，要和夥伴莎莉參加第二場尋寶活動！打倒玩家殺手，輕鬆碾壓設定為打不死的首領級怪物，加上稀有技能惡魔合體後，梅普露終於成為「浮游要塞」？

各 **NT$200~220/HK$60~75**

妖精新娘 1 待續

作者：あさのハジメ　插畫：菊池政治

雙女主角的異世界戀愛喜劇
甜蜜刺激也是雙倍？

拯救異世界而受到肯定，成為見習轉生者們教師的路密納。學生卻是在前世死別，個性認真又是模範生的青梅竹馬千雨，以及自稱是路密納新娘的妖精女神海涅。但她們倆卻是同一個人？充滿愛與搞笑的雙女主角的異世界愛情喜劇，就此揭幕！

NT$200/HK$60

國家圖書館出版品預行編目資料

回復術士的重啟人生：即死魔法與複製技能的極致回復術 / 月夜淚作；捲毛太郎譯. -- 初版. -- 臺北市：臺灣角川, 2018.04-
冊；　公分
譯自：回復術士のやり直し：即死魔法とスキルコピーの超越ヒール
ISBN 978-957-564-124-5(第1冊：平裝). --
ISBN 978-957-564-544-1(第2冊：平裝). --
ISBN 978-957-564-734-6(第3冊：平裝)

861.57　　　　107002520

Kadokawa Fantastic Novels

回復術士的重啟人生 3

～即死魔法與複製技能的極致回復術～

（原著名：回復術士のやり直し 3 ～即死魔法とスキルコピーの超越ヒール～）

2019年2月27日 初版第1刷發行
2023年4月25日 初版第3刷發行

作　者：月夜涙
插　畫：しおこんぶ
譯　者：捲毛太郎

發行人：岩崎剛人
總編輯：蔡佩芬
副總編輯：朱哲成
美術設計：黃永漢
印　務：李明修（主任）、張加恩（主任）、張凱棋

發行所：台灣角川股份有限公司
地　址：104台北市中山區松江路223號3樓
電　話：(02) 2515-3000
傳　真：(02) 2515-0033
網　址：www.kadokawa.com.tw
劃撥帳戶：台灣角川股份有限公司
劃撥帳號：19487412
法律顧問：有澤法律事務所
製　版：巨茂科技印刷有限公司
ISBN：978-957-564-734-6